NICOLAS ANCION

Nicolas Ancion est né en 1971. De Liège à Carcassonne, en passant par Bruxelles ou Madrid, il fait étape là où poussent les mots. Depuis une dizaine d'années, il réinvente le monde à travers des histoires loufoques : sept romans, des tas de nouvelles, un fatras de poésies, des feuilletons pour le web, le théâtre ou la radio et bien d'autres choses. Ses textes ont été couronnés par une dizaine de prix littéraires, dont le Prix des Lycéens pour *Quatrième étage*.

NOUS SOMMES TOUS
DES PLAYMOBILES

NICOLAS ANCION

NOUS SOMMES TOUS DES PLAYMOBILES

LE GRAND MIROIR

© Tournesol Conseils SA – Le Grand Miroir
ISBN : 978-2-266-18227-0

Pour Axelle, qui lit les histoires,
Lucie qui les commente
et Joseph qui les rejoue avec ses bonshommes en plastique.

Moi, je dis qu'il y a une justice

Moi, je dis qu'il y a une justice. Mais ceux qui la rendent, ce ne sont ni les juges, ni les hommes, ni les lois ; ce sont les circonstances.

Et les circonstances, elles sont bien souvent aggravantes.

Yvonne, ça faisait combien de temps qu'elle m'avait quitté pour de bon ? Deux semaines ou bien trois ? Je n'aurais pas pu le dire, je n'avais pas encore avalé mon premier café à cette heure-là, je n'avais pas l'esprit assez clair pour calculer. Il était sept heures trente à peu près, j'avais la gueule comme une enclume et une haleine de poissonnier par temps de canicule. Puis j'avais l'entrejambe qui me grattait, comme tous les matins.

Elle a déboulé comme je déteste, avec sa vieille clef, sans sonner, sans frapper, elle est entrée dans le salon le regard de morue braqué sur ses baskets usées. Je viens chercher des affaires, qu'elle a dit.

La bonne affaire, c'est ce qu'elle a toujours cherché : le meilleur rapport qualité-prix. Ce n'est pas pour rien qu'elle a épousé un comptable dans mon genre. C'est certainement pour ça aussi qu'elle a voulu qu'on fasse des petits dès que j'ai été nommé responsable d'agence. Des gosses de banquier, c'était le rêve, pour elle, un objectif de vie. Tu parles. J'ai jamais été doué pour ça. Sans doute que c'est la faute aux savons liquides et à tous les produits chimiques que je bouffe depuis des années. Je suis pas une terre très fertile. Ça lui a pris des mois pour admettre que je n'étais pas capable d'en pondre, des enfants, que son mari idéal, son banquier pas trop moche, était aussi stérile que la plupart de nos conversations. Elle ramenait le sujet sur la table tous les soirs, à plat sur la toile cirée, entre le gratin dauphinois, le hachis parmentier et son éternel Thermos de café à fleurs, pile sous le halo du tube néon de la cuisine. Tu devrais voir un médecin, qu'elle me répétait tout le temps. Et à force de me répéter le conseil, c'est elle qui a fini par se barrer avec son gynécologue, celui qui la conseillait depuis des mois. Un petit gros tout moche, avec des cheveux gras et des lunettes sales. Un type qui gagne tellement de paquets qu'il a déjà trois mômes d'une première patiente. On n'est pas du même monde, on n'est pas atteints du même mal. Pas le même genre de mâles, au fond.

Elle a foncé vers la cuisine, elle a traversé le salon et c'est à ce moment-là que les choses se sont accélérées. Comme dans un mauvais film de divorce qui vire au drame. La vitre à côté de la porte d'entrée a volé en éclats, le bruit du verre brisé a résonné sur le carrelage du hall, le temps de lever la tête et je les ai vus foncer droit sur moi, deux types encagoulés avec des fusils à pompe au bout de leurs grosses mains gantées.

On a beau avoir vu ça des tas de fois à la télévision, en vrai, ça ne fait pas du tout le même effet. Mon cœur s'est soulevé, j'avais comme un marteau-piqueur dans les tempes, un truc qui cognait à tout rompre et qui m'a réveillé en un instant. J'étais encore à moitié affalé dans le divan du salon : l'un a foncé sur moi, l'autre a couru à la cuisine. Ils n'ont pas lâché un mot. Celui qui s'occupait de moi m'a balancé sur le sol d'un coup de crosse, avant de poser le canon sur ma nuque. C'était froid, c'était glacé, je n'ai pas bougé d'un poil. Yvonne avait l'air de résister elle, je l'ai entendue lâcher des insultes, hurler puis recevoir un bon coup quelque part qui l'a fait taire. J'ai souri intérieurement, pour une fois que quelqu'un parvenait à la réduire au silence, fallait en profiter.

Je n'ai pas compris tout de suite où ils voulaient en venir. Je m'attendais à ce qu'ils retournent la maison, à ce qu'ils éventrent les fauteuils et emportent le home cinéma, mais rien de tout cela, ils ont attendu patiemment, assis dans le divan, et, la joue collée contre la moquette, j'entendais dans le silence la vieille pendule du salon qui lâchait son éternel tic-tac tic-tac tic-tac qui n'en finissait pas. Rien n'arrête la course du temps. Pas même une matinée de cauchemar. Parce que question cauchemar, ça a vite décollé. Après quelques minutes de silence assourdissant, le type qui était dans mon dos a dit :

— Tu vas bien m'écouter. Tu vas te taire, tu vas écouter les instructions et tu les mettras en application à la lettre. Compris ?

— Oui, que j'ai répondu.

— Alors commence par te taire comme je te l'ai demandé. On va partir tous les deux gentiment. Tu conduiras ta voiture, comme tous les matins. Arrivé à la banque, s'il y a des employés, tu ne dis rien et si on te pose des questions tu expliques que je suis envoyé par la direction financière pour la révision des trucs comptables, une histoire du genre, en plus crédible. Tu sais mieux que moi ce qu'ils goberont facilement. C'est toi le banquier, pas moi.

— Et je dois expliquer ça sans parler ?

— Je t'ai dit d'écouter ! Tu t'arrangeras pour que tout se passe bien. Parce que non seulement j'aurai mon arme avec moi mais si ça se passe mal, mon copain, là, il abattra ta femme sans sommation. C'est clair ? Tu ouvriras le coffre-fort, tu rempliras la valise avec les billets et tu me la ramèneras dans le bureau. Après ça, tu laisseras passer une heure complète avant d'appeler les secours. Si tu bouges avant ça, si tu bronches, si tu causes, tu as déjà deviné : mon copain retravaille un peu le portrait de ta douce avec les ustensiles de cuisine. Il adore râper les genoux et mouliner les orteils. Il travaillait pour la mafia estonienne avant de s'exiler en Belgique. Il n'a pas l'habitude d'hésiter longtemps avant de faire mal. Et puis il tue, après, pour pas laisser de traces.

J'imagine qu'Yvonne avait tout écouté parce qu'elle s'est mise à gigoter et à protester, j'ai entendu le bruit de quelques claques qui s'envolaient, comme des canards au bord d'un lac juste après un coup de fusil. Puis un long silence à nouveau.

Cette scène, je me l'étais jouée des tas de fois dans ma tête, je l'avais même interprétée lors d'un séminaire sur la sécurité, au siège central de Bruxelles, c'était moi qui tenais le rôle du gangster et j'avais foutu une trouille bleue à mes collègues, sans même me lever de la chaise. Je m'étais toujours dit qu'il n'y avait qu'une seule solution intelligente pour s'en sortir vivant. Je le savais, on me l'avait répété. Faire tout ce qu'ils disent. Ne mettre personne en danger. Le coffre est directement relié au commissariat. Les caméras de surveillance également. La brigade d'intervention est sur les lieux en moins de cinq minutes dans le meilleur des cas. Et dans le pire, on n'est plus là pour compter, de toute façon.

Mais j'avais l'entrejambe qui continuait à me démanger. Ça grattait comme des poux qui copulent sous un bonnet de schtroumpf.

— On y va, qu'il a dit en me faisant signe de me lever.

J'ai redressé la tête et j'ai dit non, tout simplement. Comme un gamin de trois ans. Comme un Iranien nucléaire à un contrôleur de l'ONU. Comme un Américain à qui on demande de ratifier le protocole de Kyoto.

Il a hésité un moment. J'ai senti la tension qui grimpait dans la pièce. L'air qui devenait épais comme de la fumée d'incendie. Noire et qui pique aux yeux. Il a regardé son copain puis il a levé l'arme à hauteur de ma bouche.

— On y va, ou je t'explose ?

— Non, que j'ai répété.

J'ai marqué un temps. Je réfléchissais très vite. Je n'avais pas le droit à l'erreur.

— Avec la cagoule sur la tête, vous allez vous faire repérer direct. Il y a des caméras dans toute l'agence.

Le silence qui répondait à ces mots me laissait croire qu'ils voulaient entendre la suite.

— Si vous voulez que ça marche, il faut que vous ayez l'air d'un client normal. Vous débarquez juste après l'ouverture et vous dites que vous avez rendez-vous avec moi. Je vous recevrai dans mon bureau et je remplirai la valise avec les billets. Après dix minutes, vous repartez calmement et vous pourrez disparaître où bon vous semble.

— Et qu'est-ce qui nous garantit que vous n'allez pas prévenir la police, bien avant ça ?

— Vous avez Yvonne. Que voulez-vous de plus ? Si vous entrez avec moi, on sera repérés de suite. Si vous entrez sans moi, vous n'arriverez à rien.

Ils n'ont pas discuté longtemps. Le temps jouait contre eux, je le savais. Ils devaient respecter mon horaire habituel, pour ne pas être repérés.

On est partis dans la voiture, on a traversé la ville sans s'arrêter, j'avais l'impression qu'il n'avait jamais fait aussi chaud à une heure si matinale. Je suais dans mon costume, je sentais les auréoles s'étendre sous mes bras et dans le creux de mon dos. Le gars à côté de moi, avec sa tête d'entraîneur de foot mal rasé, sa veste en cuir noir et sa grande valise sur les genoux, ne devait pas être plus frais. Il avait rangé le fusil dans la valise et il chipotait tout le temps avec les boutons de son GSM. J'avais le dos glacé et les mains qui tremblaient. Je savais que je pouvais y passer à n'importe quel moment, si le type perdait son sang-froid. Et je n'avais pas envie de finir comme ça.

J'ai rangé la voiture sur la place en contrebas et j'ai marché jusqu'à l'agence. J'ai senti une brûlure à l'entrejambe, une douleur encore plus vive qui lançait à chacun de mes pas. Avec la trouille, j'avais presque oublié mes problèmes de caleçon. Je crois que c'est à ce moment-là que je me suis décidé. Je me suis tourné lentement vers le gars qui me suivait à quelques mètres et j'ai soulevé mon pouce en l'air dans un signe qui aux quatre coins du monde signifie que tout marche du tonnerre.

Sauf que lui, il allait se ramasser la foudre sur le coin de la gueule. Mais il n'en savait encore rien.

J'ai sorti mon trousseau, j'ai ouvert la porte, puis je l'ai calmement refermée derrière moi. Il me restait tout juste un quart d'heure avant l'heure d'ouverture. J'ai désactivé l'alarme, j'ai enclenché les néons qui se sont mis à crépiter tout le long des faux plafonds. J'ai collé mon front contre la vitre et j'ai tapoté avec mes clefs contre la paroi.

Le gaillard dans sa veste en cuir m'a lancé un regard perdu depuis l'autre côté de la rue. On aurait dit qu'il avait déjà compris ce qui me passait par la tête, alors je lui ai montré mon pouce pour la deuxième fois. Il a souri, il a tourné la tête vers la gauche puis vers la droite pour vérifier que personne n'approchait puis quand son regard est revenu sur moi, il a découvert que j'avais changé de doigt. C'était un beau grand doigt, le majeur de la main droite, qui se dressait alors bien haut, comme une potence tout en haut du gibet.

J'ai tourné le dos avec un rire nerveux et j'ai foncé droit sur le téléphone.

Le commissariat avait déjà reçu le message codé tapé sur le clavier de l'alarme. Un escadron spécial était en route. Le policier m'a répété de ne rien tenter, de me planquer derrière les vitres blindées et d'attendre que tout cela soit fini.

Je n'avais pas envie d'attendre. On n'a qu'une vie, il ne faut pas laisser passer la chance de devenir un héros.

Je suis revenu à la vitrine et ce que j'ai vu a élargi mon sourire jusqu'aux lobes des oreilles. Le gaillard était toujours là, il achevait une conversation sur son portable. Je ne voulais même pas savoir avec qui il causait. Je ne voulais pas savoir d'où il venait ni comment il s'appelait. Je voulais juste m'assurer qu'il avait bien compris que tout dérapait et que ça allait mal finir. Que la justice allait être rendue. J'avais plus que jamais besoin de me gratter à travers le pantalon. Ça brûlait et ça piquait à la fois. Je ne l'ai pas quitté du regard. Quand il a entendu les sirènes, il a sorti son *riot gun* de la valise et il est parti en louvoyant entre les voitures à l'arrêt. Les gyrophares se rapprochaient à toute allure. Il paraît qu'il a fallu seize balles pour arrêter sa course. Qu'il gigotait encore alors que son sternum et ses deux épaules étaient explosés par les impacts à répétition. C'était un dur à cuire. On n'est même pas vraiment parvenu à l'identifier, à cause des deux balles dans la mâchoire et de l'absence de papiers. Son complice, on n'a jamais pu mettre la main dessus non plus. Quand les flics sont arrivés chez moi, il avait décampé depuis longtemps sans laisser de trace. Il avait juste eu le temps de loger trois balles dans la nuque d'Yvonne et de lui tailler les doigts avec le couteau électrique. Un Seb pour gauchère, c'est moi qui le lui avais offert quelques années plus tôt. Combien d'années déjà ? Je ne sais plus le dire. Ça n'a pas d'importance, il doit prendre la poussière dans un couloir avec des milliers d'autres pièces d'instruction qui ne serviront jamais.

Pourtant, moi, je dis qu'il y a une justice.

J'ai reçu les félicitations de la direction nationale pour mon courage et une année complète de congé pour services rendus. J'ai même eu droit à une prime d'assurance exceptionnelle pour compenser le décès de mon épouse. Aux yeux de mes employeurs, c'était un accident de travail, en quelque sorte. J'ai touché de quoi m'acheter une villa à Sumatra et un labrador beige, qui ne me fait jamais chier. Puis qui ne me demande pas pour quelle raison je ne porte jamais de slip de bain à la place de ces informes maillots qui pendouillent jusqu'aux genoux.

C'est à cause d'Yvonne, que je lui répondrais.

Parce que le jour où elle s'est décidée à partir pour de bon avec son gynécologue, elle n'a rien trouvé de mieux que de descendre au garage, de perforer la batterie de sa vieille bagnole et de venir m'en verser le contenu sur le haut des cuisses, en hurlant comme une furie. J'avais hurlé aussi, j'avais rincé à l'eau mais ça brûlait pis encore, j'avais tamponné, frotté, épongé, ça m'avait boursouflé la peau, rongé les poils, rosi et rougi tout le reste, au point que je n'aurais plus jamais osé montrer cette partie de mon corps à qui que ce soit. Pas même à mon miroir.

Elle s'était excusée quelques jours après, en venant chercher le poste de télé. Elle avait dit que c'était sans doute une partie d'elle qui ne voulait pas me quitter, qui avait honte de m'abandonner alors que j'avais été si gentil avec elle. Puis elle s'était barrée pour de bon sans plus d'explication.

À la police, à la direction nationale de la banque, j'ai joué le grand jeu, le mec qui pleure et qui ne s'en remettra jamais. J'ai dit que je croyais que les gangsters bluffaient, qu'ils ne lui feraient aucun mal, surtout si la police s'en mêlait. Ils m'ont cru, les crétins. Et ils m'ont mis en congé maladie pour deux ans, en plus du salaire pour services rendus.

Traîner Yvonne en justice, j'aurais pas pu. Je croyais qu'en buvant dans mon coin tout allait finir par rentrer dans l'ordre.

Je n'avais pas tort. Je le savais bien, moi, qu'il y a une justice qui veille au grain.

Il faut juste lui laisser le temps. Et se tenir prêt à chaque instant. Parce que au moment où elle prend sa balance en main, la justice, il faut être là pour appuyer un grand coup sur le plateau, sans hésiter.

Puisque la justice a les yeux bandés, il faut en profiter.

Il faut l'aider à faire son travail.

Enfin, moi, c'est ce que je pense.

Et j'ai toute la vie devant moi pour y penser.

La tache de sauce

Pour changer le monde, il suffit de changer de chemise. D'autres auraient écrit qu'il suffit de retourner sa veste, de plier bagages, de baisser son froc, moi, je le dis et je l'écris : il suffit de changer de chemise.

Si je n'avais pas eu cette réunion importante ce jeudi-là avec les acheteurs de Carrefour, si je n'avais pas mis ma chemise bleu clair avec les fines lignes blanches, si je n'étais pas descendu en vitesse manger un durum sauce samouraï, si je n'avais pas mordu aussi fort en plein milieu de la crêpe, si la viande d'agneau ne s'était pas dérobée sous la pression de mes dents, si l'un des morceaux n'était pas tombé pile sur ma cravate et s'il n'avait pas glissé vers la gauche, il n'aurait pas maculé en une traînée blanchâtre et huileuse tout un pan de ma chemise. Et ma vie n'aurait pas basculé.

Une tache pareille, c'est une honte pour n'importe qui. Pour n'importe qui de sérieux, pour n'importe qui d'important. Moi, j'étais quelqu'un comme ça : directeur commercial pour le plus gros fournisseur textile des magasins Carrefour. Rien que le chiffre d'affaires en chemises que je générais justifiait trois temps plein dans ma boîte ! Je ne pouvais pas me permettre d'arriver taché. Je suis descendu aux toilettes, le sous-sol tiède m'a fait penser aux centaines de cafards qui devaient rester tapis dans l'ombre, attendant avec patience la fermeture de l'établissement. Ça sentait la Javel et les pastilles désinfectantes pour urinoir. La moitié de durum que j'avais avalée pesait sur mon estomac. Il faisait trop chaud. Je manquais d'air.

J'ai fait glisser de l'eau dans le creux de ma main et j'ai aspergé ma chemise. Le résultat était pire qu'avant : l'auréole n'avait pas disparu, au contraire, elle s'était étendue et, là où l'on discernait la traînée de sauce blanchâtre avant que je n'asperge, on ne voyait plus désormais qu'une large trace de graisse et de doigts sales. Impossible de camoufler cela sous le veston, la tache couvrait toute la hauteur de la chemise depuis la ceinture jusqu'à la poche. Je me suis regardé dans le miroir. J'étais gros, bouffi, suant ; la tache me ressemblait : elle prenait toute la place et on n'avait qu'une envie, la voir disparaître.

J'ai regardé l'heure : il me restait vingt minutes avant mon rendez-vous. Assez de temps pour retourner au bureau, en faisant un crochet par l'entrepôt. Ce serait le comble si je ne trouvais pas une chemise à ma taille dans les tonnes de marchandises en attente. Bien sûr, la camelote mal cousue qu'on refilait aux grandes surfaces, après avoir importé les containers de Chine et ajouté l'étiquette « Made in EU », n'avait pas la qualité de ma Ralph Lauren bleu clair, mais, vu les circonstances, une chemise crasse sans tache valait mieux qu'une bonne chemise dégueulasse.

J'ai traversé le snack sans achever les frites refroidies, j'ai couru pour rejoindre les bâtiments de la société.

S'il n'avait pas été si tard, si les employés avaient encore été présents, si ma secrétaire avait encore été à son poste, si j'avais eu un peu plus de temps devant moi, je n'aurais pas foncé directement vers le grand hangar situé dans l'arrière-cour, derrière les quais de déchargement. Si j'avais eu la clef, si je n'avais pas dû courir jusqu'à la conciergerie et fouiller deux armoires puis une bonne dizaine de tiroirs avant de trouver le bon trousseau, si mon téléphone ne s'était pas mis à piailler au moment où je traversais la cour, si ça avait été une erreur au lieu d'être ma mère, si j'avais pu raccrocher machinalement ou laisser tomber l'appel, je ne me serais pas retrouvé à entendre ça au milieu de la cour.

Je quitte ton père.

Elle avait dit ça sans palabres et sans préambule.

Si elle me l'avait dit en un autre lieu, à un autre moment, cela m'aurait fait un tout autre effet, mais là, dans la chaleur de juin, dans la moiteur de ma chemise auréolée par la transpiration, au milieu de la cour, j'ai senti comme une trappe qui s'ouvrait sous mes pieds, un grand vent qui traversait ma tête, j'entendais le bruit des voitures sur la chaussée, la respiration de ma mère dans le téléphone et j'avais envie de pleurer.

On ne se sépare pas à soixante-cinq ans. Ça n'a aucun sens.

On ne se sépare pas après quarante-trois ans de mariage.

On ne se sépare pas quand on est mes parents.

On ne peut pas.

Non.

J'ai raccroché sans rien dire. Je n'entendais plus que les voitures et le vent tiède, qui soulevait la poussière. C'était la première fois que je lui raccrochais au nez.

J'avais l'impression d'avoir treize ans. Un gamin coincé dans un corps d'adulte.

Maman quitte papa.

Si je n'avais pas divorcé moi-même, si Chantal ne m'avait pas quitté quatre ans plus tôt, si je n'avais pas eu tous les problèmes du monde à garder le contact avec mes deux fils, peut-être que j'aurais réagi autrement. Peut-être que j'aurais changé de chemise et que je serais entré en réunion avec un large sourire. Mais je n'arrivais pas à bouger. Je sentais que quelque chose bloquait ma gorge. Comme une boule de linge sale coincée juste en dessous de la glotte. J'avais envie de pleurer. J'avais l'impression que ce n'était pas ma chemise qui était dégueulasse mais le monde entier. Les gens, d'abord. À commencer par ma mère. À commencer par mon père. Ils auraient mieux fait de ne jamais se marier si c'était pour finir comme ça, c'est ce que je pensais. Et je pensais bien d'autres choses encore : que Chantal avait sans doute appelé mes enfants de la même manière pour leur parler à l'époque, avec les mots qui font mal, avec les mots qui heurtent, elle les avait sans doute appelés en pleine interro de math, au milieu d'un film à suspens, elle avait bousculé leur petite vie pour leur dire qu'elle me quittait pour de bon. On ne devrait jamais dire ça à ses enfants.

Je crois que j'aurais continué à ruminer pendant des heures et des heures, même plus encore, si une voiture n'était entrée dans la cour. Une large Audi rouge avec à son bord des gens que j'ai reconnus au premier coup d'œil. Le trio de choc des acheteurs de Carrefour. Ils m'ont souri à travers le pare-brise, j'ai fait un signe de la main droite en gardant la gauche collée sur ma chemise pour camoufler la tache. Pendant qu'ils manœuvraient pour ranger la voiture, j'ai crié que j'allais les rejoindre et j'ai filé vers l'entrepôt.

Si je n'avais pas eu en main les clefs de la grande porte en métal, je crois que je me serais enfui à ce moment-là. J'aurais filé en douce, foutu le camp les poches emplies de poudre d'escampette que j'aurais fait détonner à l'air libre, j'aurais couru de longues minutes jusqu'à perdre le souffle pour de bon, je ne me serais arrêté qu'une fois loin de la ville, de l'agitation, je crois que j'aurais couru jusqu'à tomber sur le sol en sanglotant.

C'est tout ce que j'avais envie de faire.

Au lieu de ça, j'ai déverrouillé les deux cadenas, enfoncé la clef dans la serrure et tiré vers moi la petite porte aménagée dans le grand volet de l'entrepôt. Je l'ai refermée aussitôt. Il faisait sombre, il faisait frais, on n'entendait presque aucun bruit, sinon le flic-flac d'une goutte d'eau qui chutait quelque part dans le bâtiment. Il n'y avait pas d'éclairage mais dans la pénombre j'apercevais au loin une lueur sous une porte fermée. Je me suis dit qu'on avait oublié d'éteindre une lampe. J'ai cherché à tâtons l'interrupteur et il m'a fallu quelques longues secondes pour le trouver. Juste le temps qu'il fallait pour que j'aie l'impression d'entendre des voix en provenance de la porte du fond. Des voix basses. À peine un murmure. J'ai hésité un instant avant d'allumer la lumière. Allais-je tomber sur une réunion syndicale secrète ? Cela n'avait aucun sens : la seule porte de l'entrepôt était fermée de l'extérieur, personne ne pouvait se trouver ici. C'était un poste de radio, certainement. Quitte à oublier la lumière, autant oublier la radio du même coup. C'était logique.

J'ai levé la manette du disjoncteur et des centaines de tubes néons se sont mis à crépiter. Sur des dizaines de mètres, de gigantesques étagères stockaient les vêtements par cartons entiers. Pas la moindre trace de tissu, d'ailleurs ; vues d'ici, toutes les caisses semblaient identiques. Comment tout ce fatras était-il organisé ? Par client ? Par pays de production ? Par lieu de destination ? Par saison ? Par sexe ? Je courus vers le local à l'entrée pour consulter les fichiers. La porte était ouverte, mais elle donnait sur un petit bureau où l'on n'apercevait rien d'autre qu'un ordinateur à écran plat et un mur où étaient suspendus une trentaine de pistolets de lecture pour codes barres. Je n'avais pas le temps d'allumer le PC, pas le temps non plus de défoncer les caisses au cutter pour dénicher une chemise. Allais-je devoir me rendre à la réunion entaché ? Allais-je vraiment échouer si près du but ?

Je jetai un œil dans l'entrepôt. La porte sous laquelle j'avais vu sourdre la lumière était à présent bien visible, une pancarte au-dessus annonçait : atelier de couture.

Là, il devait y avoir des vêtements sortis des caisses. L'espoir s'est mis à pétiller dans mes yeux.

J'ai traversé la pièce au pas de course, longeant les immenses étagères et les transpalettes stationnés. Au moment où j'atteignais la porte, j'ai eu l'impression qu'on me regardait. J'ai tourné la tête pour voir s'il n'y avait pas de caméra de surveillance et si aucun garde de nuit ne venait de pénétrer dans le bâtiment. Rien.

Si j'avais fait demi-tour à ce moment précis, si j'avais soudain décidé de tout laisser tomber et de me présenter devant la délégation Carrefour tel que j'étais vraiment, sous mes dehors de bête type comme tous les autres, qui fait des taches au mauvais moment, qui apprend que ses parents se séparent, que sa vie lui échappe, comme à tout le monde, au fond, si j'avais accepté que j'étais un quidam, si j'avais tourné les talons au lieu de tourner la poignée, si je n'avais pas ouvert la porte, tout aurait pu continuer comme avant.

Mais la main sur la poignée, j'ai senti une odeur bizarre. Une odeur épicée et caractéristique, celle d'une soupe chinoise en sachet, parfum crevette. Je connaissais ce fumet par cœur, j'en bouffais des caisses entières à l'époque, je ne peux plus en faire cuire une aujourd'hui sans repenser au spectacle que j'ai découvert ce jeudi-là.

Ils étaient sept, dans une pièce à peine plus grande qu'un garage. Quatre femmes, deux hommes et un bébé. Avec des yeux fripés qui affichaient toute la crainte du monde. Ils étaient blottis les uns contre les autres, pareils à des enfants face au père qui s'avance la cravache à la main. N'ayez pas peur, j'ai dit, parce que je voyais bien qu'ils crevaient de trouille, je cherche juste une chemise. Et au moment où je prononçais ces mots, où je les entendais traverser l'air, portés par ma voix un peu rauque, ils me semblaient plus absurdes encore que la situation dans laquelle je me trouvais.

Si j'avais vraiment eu confiance dans la boîte, j'aurais dû tout de suite leur demander ce qu'ils faisaient là, comment ils étaient entrés et pourquoi, ce qu'ils avaient volé ou tenté d'emporter, mais je ne sais pour quelle raison j'avais l'impression que c'était moi qui n'étais pas à ma place dans cet atelier de couture.

Était-ce vraiment un atelier de couture, d'abord ? Il y avait des machines à coudre sur des planches le long des murs, des bobines de fil et des tas de vêtements en vrac près de la porte. Mais il y avait surtout des matelas de mousse, des couvertures et cette casserole, bouillonnante, sur un minuscule réchaud à gaz, une casserole de nouilles aux crevettes. C'était leur atelier, leur cuisine et leur chambre à coucher. Dans un coin, une bassine d'eau sous un robinet mal fermé devait faire office de salle de bains.

Ça faisait quatorze ans que je travaillais pour la société. Quatorze ans que j'avais passés à gravir les échelons de la hiérarchie commerciale : représentant en détail, représentant en gros, négociateur adjoint, négociateur senior. En quatorze ans, j'avais vendu plus de vêtements que ma descendance ne pourrait jamais en porter. Des tonnes et des tonnes. J'avais rapporté un paquet de fric. J'avais toujours cru que je sauvais l'emploi de gens que j'appréciais. Je les connaissais, d'ailleurs, tous ceux de l'entrepôt. Je mangeais parfois avec eux à midi. Je fêtais les résultats annuels avec eux. Mais ceux-ci, d'où sortaient-ils ? Qui étaient-ils ?

Bien sûr, je m'étais déjà dit qu'au prix auquel on vendait les produits aux grandes surfaces, on devait traiter avec des ateliers peu scrupuleux à l'autre bout du monde, des ateliers en Chine, ou dans des pays encore moins recommandables. J'avais déjà pensé aux travailleuses sans syndicat, au travail forcé même, et, avec horreur, au travail des enfants.

Mais ça, je ne l'aurais jamais imaginé. Juste sous mon nez. Juste dans mon dos.

J'ai voulu leur poser des questions, mais je n'en trouvais aucune de pertinente. J'avais déjà tout compris. Et nous n'avions pas de langue pour communiquer. Ce n'est que des heures plus tard que j'ai appris qu'ils étaient Roumains et qu'ils vivaient là depuis des mois. Qu'ils ne sortaient jamais et que le bébé était né sur les matelas, par une nuit de décembre.

La tache n'avait plus d'importance.

J'ai ouvert la porte de l'atelier, le grand volet de l'entrepôt et j'ai rejoint la salle de réunion. J'ai invité les représentants de Carrefour à descendre visiter l'entrepôt mais il devait y avoir quelque chose qui ne leur plaisait pas – était-ce la façon dont je les tirais par la manche du veston, le regard d'illuminé qui s'affichait au milieu de mon visage ou la tache de sauce sur ma chemise ? – ils n'ont rien visité du tout, ils sont remontés dans leur voiture, et sont partis sans rien voir. Sans rien acheter, non plus, et ça m'a fait sourire.

Je suis retourné à l'atelier et j'ai embarqué toute l'équipe dans ma voiture avant d'appeler la police et la presse.

J'ai perdu mon boulot en même temps qu'eux. On en a cherché un nouveau ensemble. Mais ça n'a vraiment pas d'importance, ce qui s'est passé après ce jeudi-là. C'est une autre vie qui n'appartient qu'à moi. J'ai juste envie de vous dire que je me rends en Roumanie chaque été.

Dans mon break, j'emporte des caisses entières de potage à la crevette.

Maintenant, je sais comment obtenir un permis de séjour, une place à la crèche et des amis pour la vie.

Ça, c'est vraiment important.

La police m'a interrogé plusieurs fois dans le cadre de l'enquête, je n'avais pas grand-chose à raconter. La boîte a été mise en liquidation, les locaux revendus.

À cause d'une tache de sauce.

Mon père et ma mère ne se parlent plus. Ils ne savent rien de moi. Même pas que l'hiver prochain Ilya aura cinq ans. Et qu'il habite toujours à la maison. Avec son père, sa mère et son parrain.

Son parrain, c'est moi.

Châteaux en Espagne

S'il vous arrivait – sait-on jamais – de découvrir Bruxelles par le ciel, balancé d'un nuage, tombé d'un avion, parachuté d'une montgolfière, s'il vous arrivait donc de débarquer à Bruxelles par la voie des airs sans passer par Zaventem, si vous étiez un ange, par exemple, droit descendu d'un cumulus blanc et chaud, un séraphin, un chérubin, Cupidon lui-même, sait-on jamais, et si dans votre descente vers le sol vous visiez le plein centre-ville, alors il y aurait de fortes chances pour que le premier personnage que vous croisiez au cours de votre chute soit un saint Michel tout doré, perché au sommet d'une tour. Un collègue, en quelque sorte. Perché sur son clocher, pourrait-on dire. Ou son beffroi. Lui ne dirait rien en tout cas, car, tout brillant et doré qu'il soit, il n'en resterait pas moins muet, raide et immobile. Peut-être figé par le vertige, plus probablement raidi par les années de pose et les intempéries. Il n'y aurait donc pas grand-chose à tirer de lui.

Il serait donc judicieux de poursuivre votre trajet, depuis le haut jusqu'au plus bas, depuis les nuages gris jusqu'aux égouts suants, et vous devriez passer devant les regards vides de ces statues de pierre fraîchement décrassées qui se massent aux arêtes de l'hôtel de ville. Il y en aurait des centaines, des notables et des nobles, ceux qui posent pour leur métier et ceux qui représentent leur famille, des rangées et des rangées en tout cas, dressés en silence comme des gargouilles sans eau de pluie. Elles non plus ne vous diraient rien. Le silence est d'or, et ici chacun s'endort au bord de la corniche, sourd et aveugle à la vie qui grouille quelques mètres plus bas. Là où il faudrait bien que vous descendiez si vous souhaitez vraiment rencontrer quelqu'un de chair et d'os. Quelqu'un dont les pieds lourds raclent la pierre bleue bossue. Là où les automobiles passaient encore il y a quelques années et où l'on ne rencontre plus à présent que des paires de semelles importées des quatre coins du monde, arrêtées quelques minutes devant les façades surchargées. Et si vous preniez le temps de vous attarder à votre tour, vous ne pourriez pas manquer de le remarquer. Il serait là, souriant au milieu de la foule. Dans un costume marron. Chemise blanche et cravate beige. Beau comme un chauffeur de tram par un après-midi de printemps. Pas beaucoup plus de cinquante ans. Peut-être moins, peut-être plus, des dents aussi blanches que les pages d'un cahier neuf, des chaussures noires, banales, aux talons usés, mais cirées comme pour une première communion. Des mains épaisses, des doigts rouges et des poils foncés. Andrzej, ce serait son nom. Vous ne pourriez pas le rater. Encore mieux, si vous arriviez en car, comme les Japonais, ou en taxi comme les Amerloques, en train comme les écoliers de tout le pays. Il se proposerait certainement pour vous aider avec votre appareil photo. Les couples et les inconnus, les chauves et les *barbus, les gosses tout nus, il les a tous immortalisés sur la pellicule, accompagnant le mouvement du doigt sur le déclencheur d'un « Souriez ! » communicatif. Il serait facile à reconnaître : il serait debout, dans son costume trois-pièces, devant l'hôtel de ville, pas loin d'une décapotable grise, l'appareil photo à la main.*

*

J'aime bien photographier les gens. Ça rend service. Il y en a qui viennent du bout du monde pour voir la Grand-Place. Alors ce serait dommage qu'il n'y en ait qu'un des deux sur la photo. Ou juste les bâtiments. Autant acheter une carte postale. Parce que les retardateurs et tous ces trucs technologiques, ce n'est pas encore au point. L'idéal, c'est quelqu'un qui vous aide. Qui prend la photo à votre place. Sur la Grand-Place, justement. C'est pour ça que je suis là. Enfin, non, je ne suis pas là pour ça, mais comme je suis là, autant que je me rende utile. Je fais souvent ça le week-end. Le samedi et le dimanche, c'est plein de monde ici. Et on ne vend pas les fleurs, ces jours-là. Il y a les mariages et tout ça, à l'hôtel de ville. Il y en a même qui louent des décapotables et des vieux modèles d'avant la guerre. Pour les mariages, bien sûr, pas les touristes. Les touristes : c'est différent. Déjà, il y en a beaucoup plus que de couples à marier. Les Japonais, par exemple, ils sont toujours en groupe, une heure d'arrêt entre Bruges et Paris, le temps d'acheter des pralines et un cache-pot en dentelles. Les autres restent un peu plus longtemps. Les Américains avec leurs casquettes ridicules et leurs guides touristiques plus épais que des bottins de téléphone, les Russes et tous ceux de l'Est dans leurs vestes en cuir et leurs bottes démodées.

Moi, je ne fais pas de différence, je leur souris à tous, et, s'ils me le demandent, je leur prête mon doigt pendant quelques instants. Ça n'exige pas beaucoup d'effort et ça aide à passer le temps.

Avant, le temps, je le passais avec Maryse. On ne venait pas sur la Grand-Place, on avait mieux à faire, on allait place du Béguinage, en face de l'église et de sa façade un peu jaune, un peu brune. On buvait une bière ou deux, parfois trois. On parlait tout doucement. On regardait la Vierge sur la façade de l'église et la Vierge nous regardait avec un air triste. Comme si elle avait voulu venir s'asseoir à la terrasse avec nous, mais que le barbu là-haut l'avait obligée à porter le voile en silence, sur son rebord de façade. Moi, je racontais la Pologne, parce que c'est de là que je viens. Maryse, elle, elle parlait du Canada parce que c'est là qu'elle rêvait d'aller. Je lui jurais que je l'emmènerais un jour, dès que j'aurais trouvé l'argent. Mais l'argent, ça ne se trouve pas, ça se gagne. Alors je travaillais au noir, comme un sale type, un sans-papiers ou un qu'a pas fait d'études. Parce que mes études, je les avais faites en polonais et, à force d'avoir quitté mon pays depuis trop longtemps, j'avais fini par oublier comment on lit le français, enfin, je ne sais pas si c'est à cause de ça ou à cause de mon accident, peu importe, mais je ne pouvais pas travailler, vu que je touchais un peu de la mutuelle, les restes de mon accident à l'usine et, comme ça ne suffisait pas, je travaillais quand même. Du noir. Je nettoyais où je pouvais. Personne ne voulait d'un Polonais pour faire le ménage, alors je passais le torchon dans un sauna pour hommes au petit matin. Je me souviens du froid qui tendait la pierre, parfois, quand je jetais mon seau d'eau savonneuse sur le trottoir blanchi. Pas comme aujourd'hui, aujourd'hui il fait presque bon, avec les nuages mais pas de pluie, on ne peut pas se plaindre. Au sauna, il y a bien eu un type ou deux pour me proposer de l'argent pour autre chose que des coups de raclette et de brosse – au sauna, les types ils ne viennent pas juste pour la douche froide, et je suppose qu'ils payent bien – mais, moi, ce n'est pas mon truc. Moi, ce que je voulais, c'était emmener Maryse au Canada. Je bossais dur. Après le sauna, quand il faisait presque clair, je déchargeais des camions. Ou je déposais le *Vlan* dans les boîtes aux lettres. J'avais un copain avec une camionnette et on louait nos bras à ceux qui en avaient besoin. Mais pas aux clients du sauna, parce que tout ça, je le faisais pour Maryse, pour boire des bières place du Béguinage, m'asseoir au soleil dans le parc du Jardin Botanique, ou, quand on voulait vraiment être seuls, dans le jardin du palais des académies, sur le gazon vert comme un billard, entre deux fonctionnaires flamands et un banquier qui bouffait son sandwich la cravate sur l'épaule. Maryse me souriait. Elle avait les cheveux bruns comme le sirop d'érable, elle rêvait du Saint-Laurent et des baleines qu'on salue à bout de bras. Je lui racontais les balades qu'on ferait au bord des lacs, et je lui décrivais tout ça en mélangeant les lacs de mon enfance en Pologne avec des mètres et des mètres de neige. Et ça lui plaisait parfaitement. Mais ça lui aurait plu encore plus parfaitement de voir tout ça pour de vrai. Et puis, l'argent, je ne le gagnais pas aussi vite que je voulais. Il aurait fallu payer l'avion, et l'hôtel, et la bouffe, et les cartes postales avec les timbres pour la Belgique, et les bonnets et les moufles, puis des anoraks peut-être et même un appareil photo. Tout ça, bien sûr, j'aurais pu le voler, ça aurait été plus vite, ce n'est pas ça qui manque, les anoraks et les appareils photos, rien qu'ici, même quand il ne pleut pas, regardez, il y en a plein. Mais je ne suis pas comme ça. Alors j'ai continué à bosser plus que jamais. Je travaillais parfois toute la nuit et toute la journée. Je ne faisais plus que ça. Jusqu'au jour où Maryse n'est pas venue à notre rendez-vous. Je l'ai attendue, mais elle n'est jamais arrivée. Il y avait juste une lettre. Elle l'avait laissée au barman. Freddy, qu'il s'appelait. C'était il y a douze ans. Dans trois jours ça fera douze ans. Pendant seize mois on s'était vus tous les jours. Tous les jours, vous savez ce que c'est ? On s'était vus *presque* tous les jours. Et, à la fin, il y avait juste une lettre. Une lettre que je pouvais pas lire, à cause de mes études en Pologne, ou à cause de mon accident à l'usine. Alors j'ai demandé à Freddy, j'avais un peu honte, j'ai dit que j'avais pas mes lunettes et que, de toute façon, je comprenais mieux le polonais, il m'a souri et il me l'a lue. Et il a pleuré avec moi. Je me souviens bien, des larmes toutes grosses qui roulaient sur sa joue jusqu'à la moustache rousse presque brune. Et le roux presque brun, ça me rappelait les cheveux de Maryse. Mais Maryse, elle avait rencontré un Québécois. Un marchand de poisson. Je me souviens bien. Je me suis dit qu'un pêcheur, j'aurais compris, c'est musclé un pêcheur, mais ça peut être tendre, parfois, dans un gros lit de bois tout chaud. Tandis qu'un marchand de poisson ! C'est comme un agent d'assurance ou un contremaître, ça a le cœur tout dur, les pieds froids et ça ronfle. J'étais triste pour Maryse qu'elle soit avec un Québécois qui ronfle. Et Freddy aussi. Puis elle disait qu'elle allait se marier là-bas et qu'elle aurait peut-être des enfants. Qu'elle m'enverrait les photos. Et que je pourrais venir les voir si je voulais. Mais je n'ai jamais rien reçu. Pas même son adresse ou une carte à Noël. Freddy m'a dit qu'elles étaient toutes comme ça, il m'a parlé de la sienne qui disait qu'il buvait trop et qui était partie sans même aller au Québec, qu'elle habitait Saint-Gilles et que c'était pas mieux. À ce moment-là, je me suis dit que barman, c'était pas mieux que marchand de poisson, peut-être pire même. Je suis parti et j'étais sûr que j'allais mourir tout seul. Que je n'arriverais jamais à vivre une heure de plus. Mais on s'habitue à tout. Le lendemain, je suis venu sur la Grand-Place, je voulais voir si on pouvait se jeter de la tour, là-haut, d'à côté du type en or avec son bouclier. C'est alors qu'une vieille dame avec un drôle d'accent et des cheveux gris m'a demandé si je pouvais la photographier devant un policier. C'est comme ça que j'ai commencé. Ça m'a fait un bien fou. Je lui ai demandé si elle venait de loin. Elle m'a dit qu'elle habitait Montréal. Alors j'ai dit oui. J'ai serré l'appareil contre mon cœur et j'ai pris deux photos. Puis j'ai encore fait un sourire et j'ai attendu que quelqu'un d'autre demande. J'y ai pris goût. Maintenant, je connais tous les trucs. Les gestes que tout le monde comprend, même les cheikhs voilés et les nonnes de Bolivie. Je suis si serviable ! Pendant douze ans, ça m'a aidé à tenir. Le simple fait de savoir que ma prothèse à la cage thoracique foutrait en l'air tout le rouleau de pellicule suffit à faire mon petit bout de bonheur. Des fois, je me suis demandé ce que je serais aujourd'hui, si la machine ne m'avait pas broyé deux côtes d'un coup. Si on n'avait pas dû m'opérer d'urgence et me visser les plaques magnétiques sur le thorax. Je travaillerais peut-être toujours au banc de montage. Je ne toucherais pas mes allocations d'invalide, je serais peut-être même depuis longtemps au Canada avec Maryse. J'en sais rien, en réalité. Mais je m'en fous. Parce que ça m'amuse de foutre en l'air la pellicule des touristes. Le pire, c'est que ma plaque est tellement épaisse qu'elle fausse aussi les cartes mémoires des appareils numériques. Je suis un vrai parasite électromagnétique, qu'on m'a dit. Alors j'utilise mes ressources. Mais ça ne va plus durer longtemps, parce que la semaine dernière, j'ai enfin reçu une lettre du Canada. C'est plus Freddy qui me l'a lue, lui, je ne l'ai pas revu depuis longtemps. C'est ma voisine qui m'a aidé. C'est une lettre du Canada, qu'elle m'a dit. Je lui ai dit que je ne la croyais pas. Maryse Declerck, qu'elle m'a dit. Declerck ? j'ai demandé, ça veut dire qu'elle n'est pas mariée ! J'en sais rien, qu'elle a continué ma voisine, vous voulez que je vous lise ? Et elle m'a lu. La plus belle lettre de ma vie. Je peux pas vous dire les mots qu'il y avait dedans, mais c'était beau comme la façade de l'église du Béguinage quand le soleil se couche. Elle revenait. Pour de bon. Et elle me demandait de lui fixer un rendez-vous. Il y avait un numéro de téléphone. J'ai appelé et je lui ai donné rendez-vous. Ici. Aujourd'hui. Maintenant. C'est pour ça que j'ai mis mon beau costume. Pour elle. Et là, dans ma poche, il y a une bague en argent. Avec un cœur accroché au milieu. Tout à l'heure, quand elle va arriver, j'aurai des sanglots dans la voix, je le sais, et, quand elle m'aura serré dans ses bras, je lui dirai qu'elle a quelque chose au doigt. Elle regardera sa main, je la prendrai dans la mienne et je lui glisserai la bague à l'annulaire. Elle lèvera ses yeux bruns sur moi et je lui dirai tout doucement : « Maryse, est-ce que tu veux être ma femme ? » Si elle me répond oui, ou si elle ne dit rien, ou si elle me dit quoi que ce soit, tout sauf non, peu importe, je vais la serrer tellement fort qu'elle va éclater. Puis on ira à l'intérieur tous les deux et on se renseignera pour savoir ce qu'on doit faire pour se marier. Regardez, voilà le soleil qui revient, je vous avais dit que c'était une belle journée. Maintenant, je vais devoir vous laisser, Maryse ne devrait pas tarder. Passez une bonne journée !

*

Peut-être que vous auriez préféré ne pas arriver par le ciel, peut-être que vous auriez préféré ne pas remonter par là aussi. Peut-être que vous auriez préféré ne pas être un ange en visite à Bruxelles. C'est trop tard, vous voilà déjà à quelques mètres du sol. Vous apercevez un couple de jeunes mariés qui descendent l'escalier. On les photographie. On leur lance du riz. Ils s'approchent de la décapotable grise. Andrzej leur ouvre la portière et pose une casquette brune sur sa tête. Vous montez toujours plus haut. Andrzej s'assied au volant, démarre le véhicule. Vous voyez encore la décapotable qui s'éloigne et la foule qui salue tandis que les flashs crépitent. Un rayon de soleil ricoche sur le pare-brise. Il est bientôt midi. Dans quelques instants vous aurez atteint les nuages. Au Québec, il est à peine six heures du matin. Là-bas aussi, je suppose, on peut s'inventer des cabanes au Canada et des châteaux en Espagne. Les rêves ne coûtent pas plus cher en dollars qu'en euros, j'imagine.

Bruxelles insurrection

D'un seul coup, un éclair en plein centre de la prunelle. Une flèche de lumière décochée depuis les tubes néons qui s'enfonce dans son œil endolori. On vient de retirer le bandeau, la lumière l'a ranimé d'un coup. Le vieil homme cligne des yeux, fronce les sourcils, il voudrait frotter ses paupières mais ses mains sont attachées, dans le dos à l'arrière de la chaise.

Ses pieds aussi.

Il a peur. La peur lui monte le long des jambes comme une fourmi sur un roseau sucré. Il tire sur les poignets, force sur ses talons, rien ne bouge. Il se dit qu'il est en train de rêver, mais cette idée ne le convainc pas lui-même. Il ferme les yeux, les ouvre : tout est toujours là. Comme dans un cauchemar.

Pour être plus précis, ils sont deux, là, en face de lui. Deux jeunes hommes habillés de pantalons en jeans, avec des chemises sans col et des airs de drogués. Ils ont certainement déjà mis la main sur son portefeuille, ils ont eu tout le temps de le fouiller pendant qu'il était sans connaissance. Ils se tiennent debout, à moins d'un mètre, avec des sourires de malfrats et un air plein de satisfaction. On dirait que ça les rend heureux de le voir suer. On dirait que ça leur fait plaisir de le voir là, ligoté sur cette chaise de cuisine.

Le plus petit des deux, un jeune aux cheveux gras et bouclés, fait un pas en avant. Il tient à la main un appareil photographique, un de ces gros appareils modernes de la taille d'un poste de TSF. Le jeune pointe le bout de son objectif, le vieux voudrait reculer, mais trop tard, zouf !, un éclair jaillit qui le force à nouveau à fermer les yeux.

Il les rouvre. Il ne voit plus rien. Tout est rouge, blanc, rouge.

Trop blanc, trop rouge. Il entend encore des « zouf ! » mais ne les voit plus.

Il est aveuglé.

C'est le moment de récapituler.

Pour autant que le vieux se souvienne – et la mémoire n'est pas la plus efficace de ses fonctions cérébrales, elle a commencé à flancher un peu avant la prostate, il y a longtemps déjà – pour autant qu'il s'en souvienne, donc, il est arrivé à Bruxelles avec le Thalys, le train éclair, en gare du Midi. Le secrétaire lui avait parlé d'un jeune homme, Éric, qui viendrait le chercher sur le quai et qui l'accompagnerait à l'hôtel. Éric est le neveu du secrétaire, il est avocat – toujours en stage, mais avocat tout de même – il connaît Bruxelles comme le vieux connaît Balzac et il allait se faire un plaisir de le guider pendant les trois jours à venir. Le vieil homme est descendu du train, un peu alourdi par la bouteille de Sauvignon savourée entre Paris et Bruxelles. Une heure vingt-cinq pour soixante-quinze centilitres. 8,8 ml à la minute en moyenne, juste de quoi ralentir le pas et ankyloser les cuisses. Il a posé le pied sur le quai de marbre gris, levé la tête sur la nouvelle voûte de métal. L'acier et le verre se disputaient le ciel de l'édifice, tout en courbes et en rivets, c'était d'une beauté émouvante, et il aurait voulu partager cette émotion avec la jeune sexagénaire qui descendait du marchepied à sa suite, mais un homme s'avançait droit sur lui, tout sourire. Il portait un veston aux manches trop courtes comme les Anglais se plaisent à les couper. Le vieux avait subodoré le Paul Smith ou un quelconque autre jeune couturier incapable de perpétuer la véritable tradition du tailleur anglais, juste bon à tirer la langue aux artisans parisiens. Il n'appréciait guère ce genre de frasques vestimentaires, mais se retint de le faire remarquer à son hôte. Celui-ci eut le bon goût de se présenter. Il s'appelait Éric, allait être son hôte et c'est avec courtoisie que le vieux a tendu la main vers celle que lui offrait l'avocat. Oui, il avait fait bon voyage. Il avait de la chance, le temps s'annonçait clément pour les trois jours à venir. Éric a alors prié le vieil homme de le suivre, le vieux s'en souvient fort bien. Il a saisi son sac et s'est élancé, un peu vite pour les jambes usées de son invité, vers l'escalier mécanique qui s'enfonçait dans le quai. Jusque-là, tout est clair. Les images se suivent et les souvenirs s'enchaînent. Le marbre s'est fait gris fumé, le vieux s'est accroché à la main courante en caoutchouc noir et s'est laissé porter. Bruxelles, capitale de l'Europe ! Elle n'était encore qu'un des maillons de la CECA et de l'Euratom lors de sa visite précédente. C'était avec Régine, bien avant qu'elle ne décède. Ils étaient jeunes alors, avait-il pensé, ils étaient venus fêter leurs trente-deux ans de mariage et éviter les remous parisiens. C'était au mois de mai, en mil neuf cent soixante-huit, les étudiants s'étaient mis en tête de se faire remarquer. Mais le vieux avait depuis longtemps fait sienne la devise de Dumarsais :

« *Il n'y a rien de remarquable à se faire remarquer.* »
Il avait passé avec son épouse une quinzaine exquise, courant du Sablon à la Monnaie, de vernissages en concerts improvisés, de dîners de gala en lectures du plus haut raffinement. Évidemment, Régine n'était plus là pour descendre du Thalys et le vieil homme n'avait nulle envie de voir resurgir du passé les vieilles connaissances qui les avaient hébergés. C'est pour cette raison qu'il avait accepté la proposition du secrétaire perpétuel et se retrouvait logé dans le plus que centenaire hôtel Métropole, place de Brouckère.

Éric et le sac ont atteint le sol, aidé le Parisien à descendre de l'escalier roulant. Nous allons rejoindre le parking, a dit Éric (*l'aire de stationnement*, a rectifié le vieux entre ses dents). Il se souvient avoir suivi le jeune homme à travers les voyageurs assis, les sacs et les valises entassés. Il y avait des annonces diffusées par haut-parleurs, en français, en anglais et en flamand, cette langue que le vieux ne supporte pas et qu'il lui faut endurer à chaque visite dans la patrie du chocolat et des moules. Heureusement, s'était-il dit, que je ne descends dans cette province qu'une fois tous les tiers de siècle. Le multilinguisme finira par venir à bout de l'Europe, il en est certain, il suffit d'attendre encore un peu. Babel construit sa tour. Les ouvriers finiront par s'arracher les outils.

Il se souvient encore avoir tenté de rattraper Éric. Il marchait trop vite, le vieil homme l'avait perdu de vue. Puis aperçu au loin près d'une porte de sortie, il avait accéléré le pas pour le rejoindre. Il avait atteint la porte et s'était retrouvé sur le trottoir face à un immense chantier. Des bâtiments écroulés où rugissaient des grues rouges, orange, aux pattes encombrées de pelles mécaniques vertes et jaunes. Où donc était

Éric ? Peut-être n'était-il pas sorti de la gare ? L'homme s'était retourné, avait voulu rejoindre l'intérieur de la gare mais un jeune voyou aux cheveux noirs frisés se tenait droit dans son dos, le regard glacial.

— On ne bouge pas, le vieux, on va être gentil.

Il n'avait pas bougé du tout, ni crié, ni pleuré. Une camionnette avait freiné dans un effroyable fracas de pneus, juste à côté de lui. Une main l'avait saisi à la bouche, un coup l'avait atteint à la tête. Il avait perdu connaissance, comme on tombe dans un trou. C'est là que s'arrêtent ses souvenirs. Et le voici, ébloui, ligoté, sur une chaise de cuisine dans un lieu qui lui est inconnu. Il ouvre les yeux. Ça fait mal. Les deux jeunes sont toujours là, à le regarder comme s'ils allaient devoir tracer son portrait de mémoire. Il tourne la tête vers la gauche : des livres. La tourne vers la droite : des livres aussi. Du sol au plafond sur plus de trois mètres de haut, des livres empilés. De toutes les formes et de toutes les tailles. Des encyclopédies, des recettes de cuisine, des biographies. Il y en a partout. Sur le sol, on marche dessus, on pourrait même s'y enfoncer. On ne voit qu'une porte. Dans le mur à droite, derrière une pile de caisses de bananes, recyclées en bibliothèque de fortune. Malgré son ouïe défaillante, il entend des bruits de voitures qui roulent sur le bitume, ça provient de son dos, pas de son dos lui-même mais d'une fenêtre sans doute, quelque part derrière lui. Il entend des changements de vitesse, des coups de frein et des accélérations, il doit y avoir un carrefour à proximité. Il tourne à nouveau la tête vers ses agresseurs. Le plus grand des deux s'approche, un dictionnaire à la main. C'est un Petit Larousse 2001, avec la fleur sur la couverture, toujours protégé par son film plastique. Le jeune homme le tient comme une massue, au creux de la paume. Il avance d'un pas rapide, lève le bras vers l'arrière. Il va m'assommer, se dit le vieux. Il ferme les yeux et serre très fort les paupières pour ne pas sentir le coup.

*

Le problème avec les vieux, c'est qu'on peut pas les traîner très loin. Comme otages, je veux dire. C'est ce que j'avais expliqué à Pierre, dès le début. Ils tiennent pas le coup longtemps, ils manquent de résistance, à cause des problèmes de vessie et tout le machin. Or, les académiciens, c'est tous des vieux. Sans doute que la dégénérescence des cellules et les troubles de locomotion sont les critères d'accès à la profession. J'ai même cru pendant tout un temps qu'on leur faisait passer des tests d'assoupissement avant de les incorporer dans la légion, mais Pierre m'a expliqué qu'à cet âge-là, c'est normal. Et comme Pierre a travaillé dans un hospice avant de devenir chômeur professionnel, il s'y connaît. N'empêche, moi, je serais vexé si mes potes s'endormissaient pendant que je cause au micro. C'est vrai qu'eux, sous la coupole, ils ne causent plus, ils radotent. Et ils cirent des manches de veston en espérant qu'on cirera les leurs plus tard. Ou celles de leur cercueil. Parce que les *Immortels*, c'est bien connu, ils ne bossent pas pour leur ego, c'est juste pour la postérité. Ou la « poussiérité », va savoir.

N'empêche, même si on doit s'y habituer, je trouve ça vexant, cette confrérie de ronfleurs qui s'éveillent péniblement à la fin des speechs pour applaudir ou tousser leur dentier.

Moi, vous l'avez compris, je ne les porte pas dans mon cœur, les académiciens. La seule fois que j'en ai porté un, pour être clair, c'était dans un sac, saucissonné dans vingt-cinq mètres de câble électrique et bâillonné à la balle de ping-pong. Ça méritait photo, alors on en a pris des tas. Surtout moi, vu que c'est ma formation : photographe. C'est moi qui flashe, qui clique et qui claque à chacune de nos interventions. Dans ce cas-ci, je travaillais au Polar. Le Polaroid, c'est mieux pour les journaux, personne ne peut prétendre qu'il y a trucage ou qu'on manipule l'information.

C'est à la gare du Midi qu'on avait pris notre vieux en charge. Un vrai croulant, une baderne en loden, à moitié mort d'usure : il faisait de la peine à voir. D'ailleurs, on le voyait à peine. Alors on l'a assommé pour pas devoir trop le regarder. J'ai eu un peu peur au moment de lui filer mon coup de matraque, je me suis dit que ça pourrait très bien mal finir et que mon coup d'assommoir pouvait aplatir son encéphalogramme pour de bon, au lieu de l'endormir provisoirement. J'ai quand même frappé, pas trop fort, et le Jules nous est tombé dans les bras. On l'a hissé dans le fourgon et on a démarré sans que personne n'ait rien vu. Quant à l'avocat qui l'accompagnait, il était déjà hors d'usage. Au moment où il allait revenir à lui, nu dans les toilettes de l'Eurostar, quelque part entre Mons et Lille, il aurait beau chercher ses papiers, crier ses grands dieux et toutes les autres formes de superstitions et de sacres, il lui faudrait d'abord convaincre les autorités ferroviaires qu'il n'était pas complètement louf avant de pouvoir déclarer la perte de son académicien. Surtout s'il avait la chance de tomber sur un contrôleur grand-breton de l'autre côté du tunnel. Sans ticket, face à un angliche unilingue, autant sauter directement sur les rails.

On a donc roulé peinards en direction du boulevard. C'était pas loin, vu que c'était le boulevard Lemonnier et que même à pied ça n'aurait pas pris plus de dix minutes. C'est là qu'on crèche, sur le boulevard, dans les réserves d'un bouquiniste, à l'étage. Le paradis des souris, l'empire des mots qu'on ne lira plus, le cauchemar des auteurs. Ça me sidère toujours le nombre de bouquins qui finissent à la casse. Il y en a des tonnes, et c'est pas une expression, il y en a vraiment des tonnes dans les caves et les arrière-boutiques de tous les marchands de livre d'occase. Déjà sur les rayonnages accessibles au public il y a pas mal de merdes, mais dans les arrière-salles, on frôle la fosse septique intégrale. À moins de cent mètres à la ronde, autour de la place Annessens, tu trouves tout ce que tu ne cherches pas : les romans au prix d'un tiers de chope, les guides du routard si bien tombés du camion que les pages n'ont jamais été ouvertes, les *Série noire* de toutes les époques pour moins cher qu'un paquet de chewing-gum. C'est le souk des lecteurs en tout genre, on y croise aussi bien le maniaque qui ne bouffe que de l'Harlequin que le vieux qui se roule les Historia serrés dans les toilettes pour assouvir ses rêves érotiques inspirés par les moustaches de Bellemarre. Il y a aussi les pète-sec qui n'achètent que les millésimés, les raretés, les reliures pleine peau et les exemplaires autographes ; les toxicomanes qui s'amènent la caisse de DVD sous le bras et collaborent, à la mesure de leurs moyens, à la libre circulation des marchandises. Et tout ça va, et tout ça vient, sans prendre attention aux véhicules garés en double file.

On est arrivés à la hauteur de chez Philo, Pierre a freiné un bon coup et j'ai chargé le ventripotent sur mon dos. Il pesait son poids en connerie, c'était indiscutable. Faut croire qu'on les fourre au foie gras et à l'andouillette, les retraités de la plume. Du coup, les deux étages, je les ai sentis passer. Ce sont des belles baraques dans le coin. Il y a un siècle, quand la Belgique était la seconde puissance mondiale, juste derrière l'Angleterre victorienne, pendant que notre bon roi coupait des bras de nègres au centre de l'Afrique, le boulevard Lemonnier c'était nos Champs-Élysées à nous, avec ses baraques de maître et les plafonds quatre mètres plus haut que les semelles. C'est à ça que je pensais, en soulevant l'enflure marche après marche, et j'enrageais contre Léopold II, sa barbe et son Congo plein de missionnaires. À la fin du compte, tout ce qui reste aujourd'hui de la splendeur coloniale c'est des baraques inchauffables où on entrepose les familles d'immigrés. Ça me donnait des envies de défouloir et j'aurais bien cogné dans le vioque mais ça ne servait à rien, il était toujours évanoui. Chaque volée d'escalier me restait en travers des mollets, pire que les subjonctifs des verbes en *-oir* et les *Fables* de La Fontaine quand j'étais môme. « Le Chêne, un jour, dit au roseau… » Pierre a poussé la porte, j'ai déposé le boudin sur une vieille chaise en bois. Pierre l'a défîcelé puis il a reboudiné les chevilles aux pieds de la chaise et les poignets derrière le dossier. J'ai retiré la balle de ping-pong puis le bandeau sur les yeux et j'ai commencé à ranimer le vieux avec quelques petites baffes amicales. Ça lui a rendu des couleurs. Il a enfin ouvert les yeux.

*

Le vieil homme prend le Larousse dans la joue sans broncher. Il reste assis, raide, le dos bien droit. Je vais leur montrer qu'un résistant ne flanche pas, se rassure-t-il. J'ai vu bien pire que ces deux jeunots, moi. J'ai traversé quatre années d'occupation, j'ai milité à mon heure et j'ai encore défilé l'année dernière pour une République française forte et unie. Il peut me frapper à nouveau. Je suis prêt.

Mais rien ne vient. Le jeune le regarde dans les yeux. Le vieux le fixe à son tour.

— Alors, Paul, comment se sent-on ?

— Je ne m'appelle pas Paul. Qu'est-ce que vous me voulez ? Qu'est-ce que c'est que cette histoire ?

— On ne te veut rien de mal, reprend le jeune type, on n'est pas du tout des méchants. On est juste des drôles. Des comiques. C'est pour ça qu'on t'appelle Paul. Parce que après tout, on s'en fout de qui tu es en réalité. Ce qui nous intéresse, c'est ce que tu représentes. Tu piges ?

— Pas vraiment…

— Pas grave, tu finiras bien par comprendre. À ton âge, c'est normal que les choses prennent du temps : le sang circule moins vite. On va voir si tu as de la culture. Ça t'amuse ?

— Pas trop.

— Ce n'est pas grave, je te dis. Ton avis, on s'en fout un max. On a organisé un jeu et, que ça te plaise ou non, tu vas jouer. D'accord ou pas d'accord, tant pis. Les règles sont très simples. On te pose des questions. Tu y réponds. Si tu y réponds bien, on passe à la question suivante. Si tu dis des conneries, on essaie de faire rentrer la matière dans ton vieux cerveau. C'est tout simple. Si tu veux, t'as qu'à prendre ça comme un examen.

Mais, le vieux, il ne veut rien du tout. Il commence à en avoir déjà assez, il a envie de le dire à ses ravisseurs, mais il a peur que le grand pas frisé le prenne mal. Le photographe s'est assis sur une caisse de livres. Il dépose son paquet de photos toutes fraîches et saisit un grand classeur à anneaux.

— On commence par quoi ? demande-t-il.

— Le vocabulaire, non ? C'est ce qu'il y a de plus facile, hein, le vieux ?

— Je ne sais pas, moi, Monsieur.

— Ça ne sert à rien de m'appeler *Monsieur*, Paul, ça ne m'attendrit pas, ce genre de protocole, au contraire. Je suis aussi allergique aux *Monsieur* qu'aux cravates, c'est tout dire. Et si t'espères que je vais te donner du *Monsieur Paul* en échange, tu te trompes lourdement. Allez, le jeu commence ! Tu t'appelles Paul, c'est bien ça ?

— Non, je m'appelle…

Il n'a pas le temps d'achever, un coup de Larousse vient d'expulser son bridge sur la couverture rouge d'une bande dessinée écornée.

— Ce n'est pas bien, Paul, tu es ici pour apprendre, pas pour faire le malin. Je t'ai dit qu'on t'appelait Paul, ça fait partie du jeu. Alors, Paul, comment est-ce que tu t'appelles ?

— Paul.

— Bien ! Très bien, même. Je suis très heureux de voir que tu apprends vite. Comme annoncé, on va jouer au jeu du vocabulaire. Première question : qu'est-ce qu'une *foufoune* ? Hein, qu'est-ce que c'est ?

— Je ne sais pas.

— Comment ça, tu ne sais pas ? Mais je croyais que t'avais collaboré à l'élaboration de plusieurs dicos, que t'étais un spécialiste du Littré, un véritable tératologue linguistique. Y a que des bobards dans la bio que tu files aux journaleux ? C'est ça, t'es un fumiste, en fait ?

— Non, mais je ne peux pas connaître tous les mots.

— T'as raison Popaul, tu gagnes un point. Je ne te frappe pas, mais je ne te libère pas non plus. La foufoune, en Europe, c'est le sexe de la femme, tu vois là en dessous des poils, là où il y a plein de lèvres et tout ça ? Eh bien ! c'est ça, la foufoune. Au Québec, une foufoune, c'est une fesse. Pas très éloignées l'une de l'autre, les foufounes !

— Pas la peine de préciser que dans tous les dicos, ajoute l'autre toujours assis, c'est le genre de mots qui n'apparaît même pas, sauf dans les bouquins consacrés à l'argot. Comme si *antanaclase* c'était pas de l'argot de rhétoricien et *fécalome* de l'argot pour maniaque en blouse blanche ! Faut croire que l'argot de la rue, il est trop sale pour être imprimé sur les belles pages de papier glacé, sans doute ! Comme si *fécalome* était plus propre, ou *anus* moins sale, que *trou-du-cul* ! Vous êtes vraiment des tarés, toi et tes copains !

Le vieil homme se rend soudain compte de ce qui lui arrive. Il est là, sur sa chaise, ligoté, au milieu des bouquins, quelque part à Bruxelles, à la merci de deux jeunes dégénérés. L'angoisse le saisit d'un coup à la gorge, comme un étau qui se resserre en enfonçant sa glotte. Sa poitrine palpite. Il a peur. Ces voyous sont à moitié fous, se répète-t-il. Il veut regarder le meneur dans les yeux, il lève la tête et, dans le mouvement, il sent le poids de son portefeuille en cuir dans la poche de son veston. Son cœur se met à cogner de plus belle. Ces types ne lui ont même pas subtilisé son argent. Ce n'est même pas ça qu'ils veulent. Une goutte de sueur glacée glisse le long de sa tempe droite. Ils ont parlé de sa biographie, ils savent à qui ils ont affaire, ils ont tout préparé. Il est tombé dans un piège qu'ils avaient taillé à sa mesure. Il n'a pas le temps de pousser plus loin sa réflexion, car le grand efflanqué continue.

— En vocabulaire, Paul, t'as pas l'air très doué. Si on aurait su ça...

Le vieux a tiqué, c'est plus fort que lui, c'est le genre d'horreur qui lui arrache l'oreille.

— Dis donc, Popaul, qu'est-ce que t'as, à froncer les sourcils comme ça ? Tu vas aggraver tes rides. S'il y aurait quelque chose qui te gêne, il faudrait le dire.

— Ça y est, il a encore tiré la gueule, ajoute le petit frisé.

— Mais oui, mais oui, je vois, reprend l'autre lentement, pour faire durer le plaisir. Je crois que j'ai bien visé. Si *j'aurais* su que c'était si facile, ah ! si *j'aurais* su !

Les salauds, ils voient que ça me fait mal, marmonne le vieux. Je déteste ça, moi, ça m'est insupportable. Je préférerais encore qu'ils me frappent. C'est trop facile ce coup-là. Ça me traverse de part en part et ça me ruine l'intérieur.

Voilà qu'ils s'y mettent tous les deux à présent.

— Si tu serais v'nu en avion, on t'aurait p't'êt' pas attrapé.

— Et si tu serais moins vieux, tu s'rais p't'êt' aussi moins con.

— Si t'aurais pas une tête aussi plissée, qui sait, p't'êt' qu'on t'aurait laissé filer.

— Bien, bien, temporise l'espèce de grand chef, Mossieu Popaul a l'air d'être un chatouilleux de la syntaxe, un sensible de la subordonnée. Passons donc à la question suivante, elle est dans le même registre.

Alors, Popaul, réponds-moi bien. Après *après que*, on met quoi ?

— L'indicatif.

— On met quoi ?

— L'indicatif, murmure le vieil homme, pas très sûr de lui.

— Faisons un essai, Popaul. Il est normal que je te frappe après que tu te *sois* trompé ou il est normal que je te frappe après que tu t'*es* trompé ?

— Que tu t'es trompé.

— T'es sûr ? Fais bien attention.

— Mais oui, crie le vieux, tout le monde sait ça. *Avant que* suivi du subjonctif, *après que* suivi de l'indicatif. Il n'y a pas plus clair.

— Tu es certain de ce que tu dis. T'y crois vraiment ?

— Mais arrêtez, à la fin, vous allez me rendre fou !

— Alors, après *après que*, on met quoi ?

— L'indicatif, je vous dis.

— Non, Popaul, tu vas bien m'écouter. Ce que je vais te dire est très important. Après *après que*, on met ce qu'on veut. T'as compris ? CE QU'ON VEUT ! Qui t'es toi, vieux croulant, pour décider ce qu'on met après les mots, d'abord ?

— Mais, mais, ce n'est pas moi qui décide. C'est comme ça depuis toujours. C'est vrai à la fin, je n'ai rien fait, moi. C'est la grammaire qui est comme ça.

— Écoute-moi bien, Paul. S'il y a bien une chose qui me dégoûte, c'est les trouillards qui se débinent. Quand tu dis une phrase, quand tu la sors de ton vieux crâne, que tu la déroules le long de ta langue et que tu l'envoies promener à coups de poumons à travers tes cordes vocales, c'est toi qui es ton maître. Il n'y a personne d'autre qui te regarde et qui te juge. C'est toi qui es le chef à bord. Tu comprends ? C'est vrai que tu dois pas avoir l'habitude de la liberté. Depuis toujours, on t'a appris à respecter les règlements, à saluer les drapeaux, à accorder les participes passés et à reconnaître les grades. On t'a jamais dit que ce que tu pensais dans ta tête valait bien ce qu'il y a dans les livres. Ni que ce que disent les gens autour de toi, tous les jours, en achetant leurs coucourses dans leurs supermarchés, ça pèse plus lourd que toutes les grammaires l'une sur l'autre. Va lui dire à la caissière qu'elle se trompe quand elle te dit que t'es grand assez pour emballer toi-même ta bouteille de pinard ! Je crois qu'on a oublié de te dire, dans ta trop longue éducation, que chaque geste que tu poses a plus de force que tous les règlements du monde. Si tu décides de placer un joli conditionnel juste après le *si*, c'est ton droit. Tu peux. Et si ça t'arrache les oreilles, c'est que tes oreilles sont pas assez souples. La faute, n'oublie jamais ça, elle est dans l'œil de celui qui juge, jamais dans le geste de celui qui agit. Tu me suis ?

Le vieil homme déteste qu'on lui donne des leçons. Il adore apprendre. Il étudie depuis plus de soixante-dix ans avec toujours plus de bonheur mais il ne supporte pas les blancs-becs qui ne respectent rien. Encore moins quand ils parlent avec l'accent belge, en avalant la moitié de leurs mots. Articuler quand on parle, c'est la première des politesses, dit-il toujours à ses petits-enfants : la diction est le savoir-vivre des langues. Mais le savoir-vivre, constate le vieux, ce jeune imbécile ne doit pas même imaginer que ça existe.

— Alors, Popaul, tu ne réponds plus ? Parfait. Qui ne dit mot consent. On va passer à la suite. Manuel, amène-moi le cutter !

*

Pendant que je me lavais les mains, Pierre a lu au vieux le communiqué qu'on venait d'envoyer à la presse, avec son dentier. Dedans, il y avait nos trois premières revendications. Je sentais que Pierre prenait particulièrement plaisir à les lire devant Raymond Boileau, sociétaire de l'Académie française. Restait à voir si les autorités belges allaient plier à nos exigences :

1. Annoncer publiquement, au moins une fois par semaine, à la radio, à la télévision et dans la presse que, « la langue française appartient en propre à chacun de ses usagers et qu'il est de notre devoir à tous de la rendre la plus vivante possible ».

2. Coller sur les dictionnaires, grammaires et autres manuels d'orthographe, une étiquette mettant en garde le consommateur en ces termes, ou tout autre ayant la même signification : « Le contenu de cet ouvrage est purement descriptif et n'a pour but que de vous aider à mieux connaître votre langue. Il serait dangereux de considérer que ce livre détient la vérité ou constitue un règlement que vous seriez tenu de suivre. Vous êtes libre, ne l'oubliez jamais. »

3. Exiger que toute publication écrite ou toute prise de parole en public soit précédée de l'avertissement suivant : « Attention ! Il est probable que le texte qui suit contienne des fautes d'orthographe, des entorses à la grammaire, des mots inventés, des anglicismes, des vulgarités et des libertés de tout ordre et de tout poil. Sachez que nous le faisons exprès et de manière délibérée, afin de rendre notre langue plus amusante pour tout le monde. Merci de votre collaboration. »

Je me suis approché du vieux.

— Alors, Popaul, je lui ai dit, tu vois mieux, maintenant où on veut en venir ? Tu comprends déjà un peu plus pourquoi on t'a invité aujourd'hui, hein ? Tu dois te dire qu'on est des fameux zozos et des vrais tarés. T'as pas tort. C'est pas faux. Mais on est quand même autrement plus drôles que tes copains de sous la coupole, hein, Popaul ?

Je me suis arrêté là parce que je voyais bien que le vieux n'était pas d'humeur à m'écouter. Il bavait, tournait de l'œil, agitait la tête à droite et à gauche. Faut dire qu'on venait de bien s'amuser avec lui. Et qu'on ne s'était arrêtés que pour le laisser digérer. Qui veut voyager loin ménage sa monture, avait sentencé Pierre, selon son habitude, en me proposant une pause. C'est lui qui était parti déposer le colis avec le dentier à l'agence de presse et faxer notre joli communiqué aux journaleux du Royaume.

On se doutait bien que notre littérature aurait du succès. On faisait dans le populaire. Ça faisait longtemps que le pays stagnait dans le sordide avec ces crimes crapuleux, ces gosses qu'on triture et ces bonnes femmes qu'on découpe. Nous, on amenait du vraiment médiatique, du taillé sur mesure qu'on peut diffuser à toute heure, avec ou sans image, et dont on peut discuter au bord d'un bar, derrière une trappiste, ou au coin du feu, les chaussettes collées contre le convecteur à gaz. Rien de méchant, rien de lâche. On était propres, au fond, si on y regardait bien. Ce qu'on faisait, c'était du terrorisme de comptoir et ça pouvait plaire à tout le monde.

Sauf Popaul, ça se voyait, il était d'un autre avis. Il avait son compte. Sans doute qu'on avait été un peu lourds avec notre jeu du dictionnaire, mais les règles étaient simples. On lisait les mots, un à un, en commençant par la lettre A. À chaque mot qu'il ne connaissait pas, hop, hop, pas de discussion, on lui faisait lécher la page entière. Et quand tout était bien humide, on passait à la suivante. Ce qui était vache, en fait, c'était d'utiliser le Grand Larousse. Une belle version reliée de 1971. On a sauté toutes les introductions, les conjugaisons, les tables de fréquence, la bibliographie et on a démarré. La première page, il s'en était bien sorti, il n'y avait que le mot « a ». Facile. Le *a* en lettre de l'alphabet, puis en préposition avec tous les détails sur trois pages. Du coup, comme ça avait bien commencé, à la page 4, il a manqué de concentration. Il a bien dit que *abaissant* signifie « qui fait perdre la dignité, la valeur morale » et on sentait que ça le touchait de près, mais il s'est largement planté sur *abaca* et *abadir*. Il s'est pris les deux premières stations dans les gencives, comme un christ qui a vidé huit calices avant d'entamer l'ascension de son Calvaire. Il n'a pu replacer ni le bananier ni la pierre sacrée des Phéniciens. Décevant, le Paul. Il a léché la page. C'était dur parce que le Grand Larousse c'est pas du papier journal. C'est du glacé bien épais, qui coupe sur les bords et qu'on n'humidifie pas facilement. J'ai bien vu que ça lui foutait la nausée, mais c'est pas ça qui allait nous arrêter. Est-ce qu'ils ont des scrupules, lui et ses copains, à considérer que c'est une faute et une preuve d'imbécillité d'oublier le « l » à la fin du *fusil* ou d'écrire *femme* avec un « a » et un seul « m » ? Aucun scrupule. Que ceux qui ne sont pas capables de lécher les bottes du Petit Robert et de son amie Larousse jusqu'à la semelle n'écrivent pas. Ils sont indignes de leur langue. Hé bien, qu'il lèche, le gros Popaul. Il allait vite se rendre compte de ce qu'on souffre quand les autres considèrent qu'on est un ignorant.

Pas la peine d'entrer dans les détails, il les a toutes léchées, ou presque. Il était plutôt calé, faut le reconnaître, surtout pour les figures de style, les qualités physiques et morales ou le vocabulaire de la peinture. Mais en biologie et en physique, pardon, c'était une vraie nullité. À se demander si les mots pour lui ne servaient qu'à écrire des poèmes et des traités de linguistique. Bref, sa langue les a parcourues l'une après l'autre, les pages, jusqu'à la 207, quand il est arrivé à appétit. Il a fait un blocage, il a viré violet. Après deux ou trois remontées de jus stomacal, on a vu ses lèvres se couvrir de salive, alors on a fait la pause. Pour le distraire, on lui a passé des dias avec les mots croisés de Perec et ceux du professeur Stas, puis on lui a fait écouter une bonne demi-heure de vieux quarante-cinq tours de la quinzaine du bon langage. Avec des kyrielles de « dites, ne dites pas » qui rappellent à quel point la grammaire, l'orthographe et l'armée ont toujours fait bon ménage.

Pierre est revenu de sa tournée, je lui ai raconté les nausées du vieux. On s'est dit qu'il valait mieux arrêter là pour le léchage, on n'est pas des salauds. Déjà, on avait édulcoré l'épreuve, parce que dans l'original, dans *The cook, the thief, his wife and her lover*, de Greenaway, ils se gênent pas pour lui faire bouffer ses bouquins au gars, ils lui farcissent l'estomac et tous les autres orifices avec des vieux papelards poussiéreux. Jusqu'à ce que mort s'ensuive mais nous, on n'avait jamais eu l'intention de le faire crever. On n'est pas des sadiques, pas même vraiment des crapules. On préfère rester didactiques. C'est pour ça qu'après le retour de Pierre, on s'est mis à causer avec notre Popaul. C'est moi qui ai commencé.

— Tu vois, Popaul, j'ai fait, on t'en veut pas personnellement, on sait même pas exactement ce que t'as fait dans ta vie. Si t'as vendu des pastilles sous Vichy ou si t'as travaillé dans la Résistance, comme grille-pain ou quoi. On s'en fout. T'as eu le malheur de te faire ensabrer parmi les *Immortels*, tu sièges sous la coupole, ça suffit pour nous. T'es qu'une image, mon vieux, t'es qu'une fonction, une vitrine, un galon. Et c'est pour ça qu'on t'a choisi. On compte sur toi pour retourner au bord de la Seine bien vivant, mais liquidé. Genre retour de guerre du prisonnier disparu, le gars que Rambo va repêcher dans les prisons afghanes et qui n'a plus vu le jour depuis le début du tournage du film.

— T'auras toute la presse à tes pieds, a enchaîné Pierre, les TV, les radios, les papelards. Alors tu pourras leur expliquer. Tu pourras leur dire que t'es tombé sur deux gars au cerveau pourri, tu pourras nous insulter, nous maudire. Tout ce qu'on te demande, Paul, dans le blanc des yeux, là, maintenant, c'est d'avoir l'honnêteté de dire pourquoi on t'a fait ça. Tu leur diras, à tes amis de Paris, qu'on en a plein le cul de leur condescendance et de leur paternalisme. Il serait temps qu'ils se rendent compte, dans leur tour d'ivoire, d'où y voient rien du tout, que c'est leur accent à eux qui nous fait rigoler et leur littérature d'arrondissement qui nous fait ronfler à chaque page. Tu pourras leur dire que c'en est fini des temps paisibles où la Ville Lumière pouvait jouer les monarques sur un peuple soumis. Les anars de la francophonie préparent leur révolution. Sans armes, sans coups de feu, juste un gigantesque bras d'honneur de toutes les colonies qui en ont marre. Qui ne s'abaisseront plus ni devant le champion de la dictée de Pivot ni devant le lauréat du Goncourt. Notre langue et notre littérature, nos langues et nos littératures, nous allons les partager, les faire circuler, sur toute la planète sans passer par la case Paris.

— Tu peux leur dire, Popaul, tu DOIS leur dire que ça bouge dans les quartiers.

— Tu peux leur dire que l'empire va bientôt s'effondrer, de gré ou de force. Les barbares ne sont pas aux portes, ils sont déjà dans la place. Sur les bancs du métro, au bar des bistrots, dans les barres de HLM, dans les soirées slam et les cours de récré, à tous les endroits où ça tchatche et où ça grouille de mots.

— Tu peux leur expliquer aussi qu'ils peuvent se les garder, leurs bouquins de propagande, leurs dictionnaires de littérature franco-française et bien pensante, leurs manuels scolaires et leur bibliothèque de la Pléiade. On en a marre des hit-parades, des menus pré-machouillés et des palmarès. C'est à chacun de décider quels textes sont les meilleurs et quels sont ceux qui lui parlent vraiment. Comme c'est à chacun de choisir quels mots il a envie d'utiliser et quel sens il va leur donner.

— Vous êtes fous !

— C'est toi qui es fou, vieux taré, avec ta bande de dinosaures et ta tradition littéraire calquée sur les cours de religion. De quel droit, au nom de quel pouvoir, une poignée de plocus décideraient-ils pour moi de ce qui est faux dans ma langue et de ce qui est bon dans ma littérature ? On n'est plus sous l'Ancien Régime, Popaul, il va falloir t'y faire.

Pierre commençait à sérieusement s'énerver. Il s'est mis à enfoncer la reliure du Grand Larousse dans la bouche du vieux. Le cuir raclait sur les dents qui restaient, celles du fond, et puis ça a calé au fond de la gorge. Alors, c'était inévitable, Paul a été pris d'un hoquet, il a gerbé ferme sur le sweat de Pierre et a aspergé les baskets au passage. Comme si l'académicien voulait conchier tous les anglicismes dont Pierre était vêtu.

Dehors, la nuit était tombée. Sur le boulevard, le trafic se faisait moins dense. Dix-neuf heures venaient de se profiler sur la plupart des horloges bruxelloises et, dans un joli concert, on a entendu les volets de métal s'abaisser les uns après les autres. C'était l'heure de fermeture des bouquinistes. Les livres allaient s'endormir pour la nuit. Les pages commençaient à s'aplanir, les mots se rétractaient. Demain serait un autre jour.

*

Bruxelles en a vu passer des armées et des envahisseurs, des rébellions aussi. Il y en a eu, il y en aura encore. La ville les a toujours subies, jamais assumées, c'est pas aujourd'hui que ça va changer. C'est vrai que Bruxelles, c'est un peu le chien au milieu du jeu de quilles, capitale d'un pays minuscule qui se déchire en douce, le point d'affrontement de trois régions, de deux communautés et puis, surtout, le point de ralliement de tous les manifestants un peu ambitieux à travers l'Europe. Si t'as un peu d'envergure, faut que tu montes déposer ton fumier et ta pétition jusqu'aux portes du Parlement. Et tout ça nous fait une jolie tambouille, entre les Eurocrates qui ne consomment que de l'import de luxe et des masses en colère qui gueulent et qui salopent les rues. Bruxelles est bien à l'image de l'Europe, elle ne bouge que quand les autres la secouent.

Alors ce soir-là, un peu avant vingt et une heures, quand on a redescendu le vioque de son étage, à nouveau bâillonné, à nouveau ficelé, et qu'on a vidé les lieux, Bruxelles n'a pas bronché. Elle a dû nous voir, pourtant, enfourner notre colis gigotant dans le fourgon blanc. Elle nous a vus nous asseoir à l'avant, faire chauffer le Diesel puis démarrer. Elle a sûrement remarqué qu'on allumait l'autoradio et, si elle a de bonnes oreilles, elle a pu entendre que le présentateur interrogeait l'autre guignol de notre académie locale, l'Académie royale comme elle s'appelle. Il parlait un bon français bien propre, sûr qu'on pourrait le rediffuser sur France Culture le lendemain sans choquer personne. « Je suis d'autant plus inquiet au sujet de cette disparition que notre éminent académicien effectuait le déplacement depuis Paris expressément pour participer à notre journée de débats sur le surréalisme en France et en Belgique,… » Surréalisme mon cul. C'est pas à Bruxelles, à moins de cinq cents mètres de la Fleur en Papier Doré qu'on nous fera avaler celle-là. Tous ces costardeux du Palais des Cacadémies, ils ne l'ont jamais vu le surréalisme. Ils ont lu ce que d'autres en ont dit, peut-être, et encore, du bout des lunettes et avec des gants de cuisine pour ne pas se salir les doigts. Qu'est-ce qu'ils vont nous raconter ? Qu'ils viennent de s'inscrire au Parti communiste de Belgique, qu'ils ont bouffé de la mescaline dans leur chambre à coucher ? Ah, non, bien sûr, le surréalisme, c'est un mouvement, c'est une époque. Alors ils vont nous raconter comment ils ont plié leurs petits papiers, dans cet exercice subtil que les jeunes collégiens aiment tant, comment ils ont osé, une fois, laisser leur stylo Mont Blanc pondre deux phrases sans véritable arrière-pensée. Allez, les charognards, radotez là-dessus, si ça vous chante, nous on vous prépare un cadavre des plus exquis. Et sur cette pensée, j'ai coupé pour de bon la parole au secrétaire perpétuel et le silence est revenu dans la camionnette. On arrivait sur la place Royale, juste en face de la rue de la Régence. À vingt mètres de la statue de Godefroy de Bouillon, toujours aussi équestre. Il était temps que je mette notre invité au parfum. Je l'ai soulevé par le col du veston et je lui ai montré le paysage devant nous. Il a ouvert de beaux grands yeux de gosse qui découvre ses cadeaux d'anniversaire mais qui s'aperçoit que sous l'emballage, on lui offre les bras et les jambes de ses parents, encore sanguinolents.

Il était pas rassuré le Paul, il commençait à perdre pied. C'est vrai que c'était beau, la rue en enfilade, avec les quatre rails de tram qui s'avançaient bien parallèles. La rue descend, puis elle remonte, et tout au bout, bouchant l'horizon comme un mur de caserne, un bâtiment gigantesque, hors proportions, plein de colonnes et d'escaliers, de frontons, de fenêtres aveugles et de portes massives. Une cathédrale de pierre, sans religion ni ordre, un gros machin monstrueux qui étale ses difformités sous le ciel gris foncé. Et, par-dessus le tout, une immense coupole fait figure de clocher.

— Qu'est-ce… qu'est-ce que c'est ? a demandé le vieux.

— À ton avis, qu'est-ce que ça pourrait bien être ? Tu ne sais pas ? Tant mieux, tu vas découvrir de près, parce que c'est là qu'on t'emmène. En ligne directe.

La course s'achève dans quatre minutes tout au plus. Terminus : le Palais de Justice !

Le vieux s'est mis à suer une fois de plus, ça devait lui rappeler de vieilles histoires de gosse, les scènes de vengeance et de mise à mort, celles de Dumas, de Zevaco ou les coups diaboliques de Fantômas et les scènes terrifiantes de l'Ancien Testament. Accroche-toi à ta religion, mon vieux, j'ai pensé, tu fonces droit vers l'enfer.

Bien sûr, on n'avait jamais planifié de le mettre à mort. On n'avait pas planifié grand-chose, d'ailleurs. On s'est plutôt laissés séduire par l'improvisation. Mais ça nous a bien goûté. Si on avait été un peu plus organisés, on aurait bien recruté des collègues frondeurs de Lausanne, de Lomé, de Moncton ou de Guernesey. Ce ne sont pas les volontaires qui manquent, quand il s'agit de mettre l'église parisienne en dehors du village. Et puis d'y foutre le feu.

Le feu, précisément, était passé au vert, et nous roulions sur la rue de la Régence. Le Palais de Justice se faisait plus grand, plus gris et plus orange dans l'éclairage de nuit. Sa masse, difforme et terrifiante, se détachait tremblante sur le ciel presque noir. Pierre a garé la camionnette sur le terre-plein, on a descendu Popaul et on lui a montré le paysage. D'un côté, la masse écrasante du Palais de Justice, plus noire, plus sombre qu'un troupeau de jésuites et toutes leurs pensées réunies, de l'autre, l'étendue sans fin de Bruxelles scintillant dans la nuit. Un panorama à vous donner le vertige. Dans notre dos, le balai des phares de voitures, qui, au loin, débouchaient de l'avenue Louise ; devant nous, le scintillement de milliers de fenêtres aux loupiotes électriques. Par-dessus toute cette platitude de toits, de cheminées et de fenêtres, on voyait dépasser l'immonde bloc vertical de la Tour du Midi, le grenier des fichiers de l'État. Un grand building moche, planté au milieu de rien pour amocher le tout. Puis, bien plus loin au fond, juste au bord de l'horizon, l'Atomium exhibait ses boules sous les étoiles d'octobre.

On n'allait pas admirer le paysage toute la nuit. Le vent s'était remis à souffler, j'avais foutrement envie d'action.

Alors j'ai empoigné le vieux, je l'ai basculé par-dessus la rambarde. Son dos était couché sur la balustrade de pierre, mais sa tête, elle, se tendait par-dessus le vide. Il lui faudrait bien vingt mètres de chute avant d'évaluer les dégâts. Les yeux, à nouveau, étaient plus larges que des objectifs de Leica. Ils fixaient sans doute le monstrueux bâtiment dans mon dos. Poelaert, l'architecte, avait atteint son but, le justiciable, tremblant, regrettait ses crimes rien qu'à contempler l'édifice.

— Voilà, Popaul, j'ai dit, c'est ici que nos routes se quittent. Enchanté d'avoir fait ta connaissance. Je ne t'aurai sans doute pas convaincu, mais ton endoctrinement et ta propagande n'ont jamais marché sur moi non plus. On est quitte. La suite du programme, elle, est toute simple. On va te pendre ici, comme un grand, sans te faire de mal, un peu tout nu pour pimenter les choses et on te laissera crier tant que tu voudras. Il ne faudra pas longtemps pour que la presse et les photographes rappliquent, vu qu'on va leur donner un coup de fil dès notre départ.

Je suis retourné à la camionnette pour chercher les câbles. Pierre a profité de mon absence pour se défouler une dernière fois, parce que j'ai entendu le vieux gueuler quand je fermais la portière. Puis je suis revenu et j'ai trouvé Pierre en pleine action, lancé dans un magnifique show, un ultime baroud, verbal bien entendu. Il y allait sans réserve et ça faisait plaisir à voir. Je crois qu'il avait besoin de relâcher la pression et ça ne pouvait que faire du bien. Il a saisi le câble électrique que j'apportais, il l'a levé vers le ciel d'un geste vengeur en gueulant :

— France de merde, Hexagone étriqué, qui t'a jamais autorisée à asseoir ton gros cul sur le trône de la langue française ? Qui t'a donné le pouvoir sur tous les francophones de la planète, à toi vieille garce qui conserve ta langue comme on embaume un mort ? Toi qui confie le destin de ton plus bel outil à un institut gériatrique ! Personne ne t'a donné le pouvoir, alors nous allons le reprendre. Les temps changent. Les moutons se rebellent et la révolution est proche.

Il y allait fort, Pierre, surtout que le vieux gigotait sur la rambarde en poussant des grognements de cochon affamé. C'était drôle et j'étais un peu déçu qu'il n'y ait pas de public pour assister à la scène. Ça n'a pas empêché Pierre d'achever son discours.

— Nous, mutins du Royaume de Belgique, allons pendre haut et court, bien que par les pieds, l'un de tes fidèles lèche-bottes. Si tu es si puissante, France, viens donc le délivrer ! Et si tu n'en es pas capable, tremble ! Tremble et prépare-toi dès à présent à pleurer car nous allons foutre à bas le pouvoir que tu as usurpé. Liberté à la langue !

— Liberté à la langue ! j'ai repris.

C'est l'enthousiasme du moment qui m'avait emporté.

Puis on n'a fait ni une ni deux, on a enroulé le câble autour des pieds de l'académichiant et on l'a balancé dans le vide, la tête en bas. On était fiers de nous. Mais on a dû le remonter de suite, vu qu'on avait oublié de le déshabiller. C'est alors que Pierre a arrêté la bande de son enregistreur. Le con, il ne m'avait pas prévenu. C'est comme ça que je me suis retrouvé à figurer sur notre premier tract magnétique.

— C'est pour la radio, a expliqué Pierre. La TV et les journaux, ils ne se priveront pas pour montrer des images de notre pendu et du Palais de Justice sous tous les angles. Mais la radio, ils n'auraient rien de spectaculaire à diffuser sans ça.

On a arraché les fringues de Popaul et Pierre a sorti la cassette de l'enregistreur pour l'attacher à la cuisse du vieux, avec un des lacets de ses godasses. C'est vrai qu'au cou, ça aurait pu être gênant, ça aurait pendu dans sa figure, ça aurait gâché les photos. On a serré chacun la main de notre Paul et on l'a suspendu à nouveau. Trois mètres en dessous de la rambarde, quinze mètres au-dessus du sol. J'ai jeté un œil sur le paysage. Bruxelles s'étendait dans la nuit, un vent léger montait depuis les Marolles, ça sentait bon la liberté.

— Moi, je resterais bien des heures à regarder la ville, comme ça.

— Moi aussi, a répondu Pierre, mais avec tout le boucan qu'on vient de faire, les flics ne vont pas tarder à venir regarder par-dessus notre épaule. Viens, on s'arrache.

On a sauté dans la fourgonnette et on est repartis par la petite ceinture.

Pendant que Pierre conduisait, j'ai eu une bouffée de cafard. Il ne nous restait plus qu'à envoyer le dernier communiqué de presse. Puis ce serait fini. À moins qu'on ne décide de tenter un nouveau coup. Mais pour celui-là, il faudrait frapper bien plus fort. Le sommet des pays francophones ? Le siège social de Gallimard ? Le tombeau de François Ier ? Pas la peine de se fatiguer. Après le coup de pub qu'on venait d'offrir au mouvement, sûr que ça allait péter de tous les côtés. Et qu'on aurait qu'à rester peinards au milieu de nos livres à regarder la télé pour être au courant.

Pierre a enfoncé la cassette dans l'autoradio. C'étaient les Fabulous Trobadors avec leur superbe accent de Toulousains. On aurait dit qu'ils pensaient en même temps que moi, alors j'ai voulu leur laisser le mot de la fin.

« Ce soir encore, le mouvement a avancé d'un grand pas. Et quand plus tard les historiens célébreront les débuts de notre révolution, vous aussi vous pourrez dire, le cœur rempli de fierté : j'y étais ! »

Derrière le pare-brise, sous les lumières orange et électriques, Bruxelles s'endormait en bruissant. L'insurrection avait commencé, mais personne ne l'avait remarqué.

Mon secret

Si je vous confie un secret, est-ce que vous êtes capable de le garder ? Je veux dire de *vraiment* le garder rien que pour vous. De ne le partager avec personne ?

Pas même votre mari, votre meilleure amie ou votre grand frère ? Pas même un inconnu que vous croiseriez à l'arrêt de bus ou au coin d'un bar de café ?

Je vous pose la question comme ça, directement, parce que moi, autant vous l'avouer tout de suite, je ne m'en sentirais pas capable du tout. Suffit qu'on me dise quelque chose d'intéressant, d'intime surtout, pour que j'aille le répéter au premier venu. Ça me brûle la langue comme le sel sur la queue d'une limace. C'est plus fort que moi, faut que je partage.

Je n'en suis pas très fier, bien sûr, mais à mon âge, on ne se refait plus. On a pris ses petites habitudes et on les a gardées, parce que, elles, au moins, elles sont fidèles. Et, du coup, on n'a pas trop envie de les abandonner. De peur de se retrouver seul pour de bon.

De toute façon – que je me dis pour me rassurer – répéter un secret, c'est pas vraiment grave. Bien sûr, on trahit un peu la confiance de celui ou celle qui vous l'a confié. Mais ça, ça ne fait du tort qu'à cette personne-là en particulier. Pour toutes les autres, pour le reste de l'humanité, on se montre généreux. On accomplit un miracle miniature. Voilà qu'on met à la disposition de tous un petit mystère, jusqu'alors privé de public. Voilà qu'on donne vie à une histoire qui n'existait jusque-là que pour *un* être humain. Autant dire pour personne.

Parce que c'est vrai, au fond, ce qu'on fait tout seul, ce qu'on pense dans sa tête, ce qu'on fait aux toilettes, les crottes de nez qu'on mange, les yoghourts qu'on avale debout devant le frigo, les bruits qu'on lâche sous les draps, tout ça, ça n'existe pas. Cela disparaîtra avec nous le jour où l'on ira se coucher sous la terre.

Si on veut que les choses aient un peu d'épaisseur, faut qu'on s'en débarrasse et qu'on les offre aux autres. Comme les poux et les angines.

C'est sans doute pour ça, d'ailleurs, qu'on aime tant se confier, même à des inconnus. Parce qu'un secret non plus, ça n'a aucune valeur tant qu'on ne l'a pas partagé. Un secret qu'on garde, c'est comme un cornet de frites qu'on ne mangerait pas, une île paradisiaque où l'on n'aurait jamais mis le pied. Ça n'a aucun intérêt. Pas plus qu'un poisson mort dans un aquarium sans eau.

Moi, je ne m'embarrasse pas de scrupules. Je suis le genre de gars qui mange ses frites et raconte ses histoires.

Surtout quand ce ne sont pas les miennes.

Mais ces temps-ci, on ne m'en raconte plus beaucoup.

Quand j'étais jeune, c'était différent, je tendais l'oreille à côté de la machine à café, et je faisais le plein pour la semaine, mais là, depuis qu'on m'a viré du bureau, je ne suis plus aussi bien informé.

Quand on travaille, on voit des gens ; quand on voit des gens, on entend leurs histoires, et quand on a des histoires à raconter, il y a toujours quelqu'un pour les écouter et vous en offrir d'autres.

Mais quand on est vieux, pensionné, solitaire, on n'a plus rien de tout ça. On est usé comme un vieux pantalon : pas la peine de se fatiguer, on n'aura plus jamais l'air flambant neuf. Juste bon à attendre les mites qui vous boufferont jusqu'à la corde. Et vous écoutez à gauche et vous écoutez à droite, mais votre ouïe a faibli et vous n'entendez plus rien. Ou il n'y a plus rien à entendre. Parce qu'il n'y a plus personne à vos côtés.

À vrai dire, dans ma mansarde, je suis un peu seul. Avec ce que je touche chaque mois, je n'ai pas le choix. Pas de quoi papoter au bord des terrains de tennis, ni de quoi m'enfuir en car visiter des vieilles pierres avec des vieux fripés. Pas de quoi offrir des quatre heures aux petits enfants ou du thé aux vieilles dames. Dans ma chambre, j'ai l'impression d'être assis au fond d'une impasse au bout du monde, dans une zone contaminée. Il n'y a jamais que moi tout seul et mon regard mal rasé dans le miroir au-dessus de l'évier.

C'est pour ça que je vais au café. Pour voir des gens. Et je m'assieds au bar, ici, sur le tabouret de droite, à côté de la machine à cacahuètes, une bière blonde devant moi, qui laisse son auréole humide sur le carton carré.

Je viens ici tous les jours, je dépose ma veste au crochet en dessous de la télé et je rejoins mon tabouret. Je ne parle pas aux autres gars du comptoir. Ce sont des pauvres types. Comme moi. Ils n'ont rien d'intéressant à dire. Juste l'envie d'attirer un peu l'attention, de retenir la serveuse et sa poitrine, quelques secondes, rien que pour eux. Pas de grandes ambitions, non, juste le besoin de tester la différence entre le vide complet et l'impression d'exister. Ça doit se mesurer en ça : en secondes de seins dans la bonne orientation.

Je sais qu'au fond de moi, je n'ai pas envie de le croire. Je n'ai pas envie d'accepter cette règle-là. Parce que ça voudrait dire que l'aquarium, avec ses néons mauves et ses poissons rayés, a plus d'existence que moi, à l'heure du souper, quand la serveuse déverse ses doses de bouffe en poudre à la surface de la flotte.

Je n'ai pas envie de le croire, mais c'est peut-être vrai, au fond, que je ne vaux pas mieux qu'un aquarium.

Lui, au moins, quelqu'un a payé pour l'avoir.

Tandis que moi, il y a des jours où je suis persuadé que les gens paieraient pour être débarrassés de moi. Les pantalons usés, on préfère les balancer avant qu'ils n'attirent les mites.

J'ai parfois l'impression que je fais peur aux gens rien que parce que je suis vieux. Que je suis juste bon à foutre leur moral en l'air. Ils préféreraient ne pas nous voir, nous, les vieux. On n'est pas drôle, on n'est pas jeune, on n'est pas plein d'énergie. On ne ressemble pas aux gens dans les publicités. Les jeunes non plus ne leur ressemblent pas, mais, ça, nous l'avons déjà compris et nous avons baissé les bras, tandis que les autres, eux, ceux qui travaillent, ceux qui sont jeunes, ceux qui sont presque beaux, ils croient encore que cette vie-là, ils l'auront un jour. Alors ils font les yeux doux à tout le monde par-devant et ils leur marchent sur la tête par-derrière ; ils s'achètent tout ce qu'on doit acheter pour ne pas avoir l'air pauvre, pour ne pas avoir l'air minable, pour ne pas montrer qui on est vraiment ; ils vont même jusqu'à acheter de l'argent plus cher pour s'acheter des choses tant qu'elles sont bon marché. Et surtout ne jamais avoir l'air de qui ils sont. Seulement de qui ils voudraient être. Jusqu'à ce que ce soit trop tard et qu'ils se rendent compte qu'eux aussi sont devenus vieux. Comme tout le monde. Sans le bonheur glacé qu'on voyait dans les pubs. Sans la vie toute rose, où le soleil brille du soir au matin, sans la lessive qui sèche au jardin et la nouvelle voiture dans l'allée. Mais avec des varices, des cernes, des escarres et des heures de silence.

Bien entendu, les vieux aussi, ils ont leurs rêves et leurs désirs. Les autres types du comptoir, autour de moi, ils ont toujours envie de raconter des trucs incroyables. Des potins qui font tourner les têtes et les corps au bord du bar, le temps d'écouter une révélation hors norme, une anecdote effrayante. L'histoire d'une gamine broyée, d'un enfant sans jambes, d'un type qui a traversé le tunnel de la mort et qui a raconté les anges à la télévision. Mais ça n'arrive jamais. On reste là, sur nos tabourets, on ne dit rien, on parle du temps qu'il a fait, du temps qu'il fera et du temps qui est en train de se faire, de celui qui passe, toujours pressé de foutre le camp, de nous rapprocher un peu plus du moment où nous n'aurons plus rien à dire à personne, pas même à nous-mêmes. Et les aiguilles de l'horloge Stella Artois tournent les unes au-dessus des autres.

Comme dans la vie, les grandes minces vont plus vite que les petites grosses. Mais comme elles sont bêtes toutes les deux, elles reviennent sans cesse à la case départ. Elles n'avancent pas ; elles tournent en rond.

Moi, je dois être un petit gros. Un lent, un mou. J'écoute le temps qui passe, je tourne mes yeux vers la télévision, mais là non plus il n'y a rien qui m'intéresse. Juste des images et du bruit, des sons et des couleurs qui vous empêchent de penser dans votre tête. Qui vous évitent de regarder le miroir en face ou le fond de votre verre vide. Et sale.

Ce que je voudrais, pourtant, ce n'est pas très compliqué. C'est tout simple, même. Je voudrais que la serveuse, là, elle me demande de rester au moment où ça ferme. Pas pour que je la prenne sur le comptoir, non, j'ai passé l'âge et j'ai pas envie de me retrouver les fesses à l'air dans ce troquet qui pue la bière et la clope, non, pour qu'elle s'asseye en face de moi, avec un verre de Martini ou un alcool fort, qu'elle ferait tourner entre ses doigts pour écouter fondre les glaçons, et qu'elle me raconte sa vie. Peut-être pas tout depuis le début, avec les détails et tout ça, mais une bonne partie quand même. Celle qui fait mal quand on l'arrache, la dent cariée, le furoncle sur la fesse qu'on cache sous les vêtements bien repassés, en évitant de s'asseoir. Je voudrais simplement qu'elle me parle. Rien qu'à moi. Qu'elle se laisse aller à me raconter ce qui lui fait mal et ce qui la fait rire. Les raisons qui font qu'elle travaille dans un lieu pareil et qu'elle a une poitrine aussi ferme. Peut-être qu'elle m'expliquerait pourquoi elle se teint les cheveux couleur de bière sans bulle et pourquoi elle porte des chaussures à talons alors qu'il n'y a que des vieux déchets comme moi pour regarder ses jambes.

Peut-être qu'elle me donnerait un morceau de son cœur. Un bout saignant qu'elle n'aurait jamais partagé avec personne et qu'elle me révélerait sous l'horloge en sanglotant un peu.

J'écouterais tout ça, je lui dirais sans doute des mots tout doux pour lui faire sentir que ça me fait du bien que ça lui fasse du bien. Puis je lui passerais la main sur la joue et je m'en retournerais dans la mansarde, je me coucherais tout habillé et, sur mon lit, je m'endormirais avec la fenêtre ouverte.

Ah oui, mon secret, j'allais oublier ! Ben c'est ça, justement, mon secret à moi : c'est que je dors tout habillé avec la fenêtre ouverte.

C'est la première fois que je le raconte. Si ça vous chante, vous pouvez le répéter à la terre entière.

De toute façon, moi, personne ne sait qui je suis.

Je vaux moins qu'un poisson dans un aquarium.

Et je le sais.

C'est peut-être ça, mon vrai secret.

Bureau, fais ton office

J'ai mutilé mon patron. Enfin, dans les papiers, les flics, les avocats et tout ça, ils disent « coups et blessures volontaires », c'est une façon de voir les choses. Moi, je sais ce que j'ai fait : je l'ai agrafé. Comme ça. Tchac tchac tchac. Ça fait un beau bruit, hein ? Quand je me dis que j'ai fait une connerie, je viens à la table et je fais ça. Tchac tchac tchac. Rien que d'entendre le bruit, je me pardonne tout. Tchac tchac tchac.

C'est mon avocat qui m'avait trouvé le boulot à la sortie de prison. Au trou, je bossais déjà dans le livre : je plaçais des marque-pages publicitaires dans des annuaires médicaux. C'est dire si je les connais, moi, les bouquins. J'étais le plus rapide. En une matinée, je pouvais faire trente caisses de quarante. Mille deux cents signets collés et encartés. J'étais le meilleur.

Alors, quand je suis sorti, l'avocat, il m'a dit comme ça qu'il y avait du boulot chez un éditeur, pour emballer des bouquins.

— Y faut coller, que j'ai demandé ?

— Coller, qu'il m'a répondu : plier, ficeler, timbrer, tu verras, tu vas apprendre le métier.

Apprendre ! Apprendre ! C'est moi qui aurais pu tout leur expliquer !

Tchac tchac tchac.

J'aurais peut-être pas dû m'énerver aussi vite.

Tchac tchac tchac.

*

Dès le premier jour, j'ai remarqué un type en chemise blanche dont la tête ne me revenait pas. Pas de bol, c'était le chef du service expédition, c'est lui qui m'a expliqué comment ça marchait, la timbreuse, le rouleau à carton ondulé, le bordereau de commande et tous les accessoires pour bricoler les colis.

— Très important, qu'il m'a précisé, dégagez bien vos doigts de la presse quand vous plastifiez un envoi, vos doigts pourraient rester coincés.

— Où ça ? que j'ai demandé.

Il m'a montré l'endroit où il fallait pas fourrer ses haricots et j'ai appuyé sur le bouton vert.

Crunch.

Il a gueulé comme un putois qu'on dissèque vivant et j'ai bien rigolé. Il était furieux, l'imbécile. Pourtant, c'est un truc de bleu, on a tous fait le coup aux nouveaux avec les machines au mitard : la trancheuse à pain, la calandreuse, les fers à vapeur, on y passe tous une fois puis on se méfie. Là, c'est le gars qui devait m'expliquer qui se faisait avoir par un novice ! Pas bon pour l'image de marque, ça ! Pas bon du tout !

En plus, il a mal réagi. Quand j'ai appuyé sur le bouton rouge pour dégager le fer chauffant, il s'est mis à gigoter sur place en me traitant de tous les noms. Il voulait absolument aller voir le patron.

— Change de chemise, d'abord, je lui ai dit. Tu as des auréoles sous les bras et des taches de sang dans le bas.

Il n'a pas voulu m'écouter, on s'est retrouvés tous les deux devant le patron. Il avait un fameux bureau, le boss. Avec des fauteuils en cuir, des peintures au mur, de la moquette et tout et tout. Mais lui, c'était une vraie brute. Deux mètres ou presque, des petites lunettes rondes et un vrai air de con, comme on ne peut pas les inventer.

— Qu'est-ce qui se passe, les gars ? qu'il a fait, avec un ton de mec qui se veut sympa, du genre on est tous potes, sauf que lui il pète dans le cuir pendant que nous on se crève sous les tubes néons dans les courants d'air.

— Y a que votre contremaître, là, il ne sait pas se servir proprement d'une presse thermique, j'ai expliqué : si j'avais pas été là, il serait encore coincé. Regardez sa main, comme elle est amochée.

Le chef du service expédition était tellement interloqué qu'il n'a pas su quoi répondre. Mon culot l'avait laissé bouche bée. À son regard en roues de vélo, j'ai vu qu'il avait compris qu'il avait affaire à plus fort que lui.

J'ai expliqué que je connaissais bien la machine, qu'il faudrait mettre en place des règles de sécurité. Le patron m'a dit qu'on en parlerait plus tard, que le chef de service devait filer à l'hôpital et que je devais prendre ma place au plus vite, vu qu'il y avait une souscription qui devait partir dans la journée.

Tchac tchac tchac.

La souscription, j'avais bien compris ce que c'était. Des centaines de types qui achètent un bouquin avant qu'il ne soit sorti et qui le reçoivent en direct par la

76

poste, sans passer par la case libraire. Simple. J'avais les bordereaux de commande – il y en avait plusieurs centaines – et les piles de bouquins. C'était un truc de poésie érotique.

— Waow, que je me suis dit, ça va me changer des annuaires pharmaceutiques.

Je me suis assis dans un coin pour voir de quoi ça avait l'air.

*

J'avais jamais rien lu de pareil. À côté de ça, même le règlement d'ordre intérieur de la prison méritait le Nobel. En vingt minutes, j'avais tout lu. Pourtant je suis lent. Mais il y avait tout au plus cinq lignes par page. Et deux illustrations en noir et blanc qu'auraient même pas ému un obsédé de la fesse. Quand j'ai vu le prix facturé sur les bordereaux, je me suis dit que j'avais rêvé. Trente-cinq euros pour soixante pages mal coupées, avec du papier qui s'effrite au bord. J'ai pensé que j'allais aller trouver le patron pour lui demander s'il n'y avait pas une erreur dans le prix ou chez l'imprimeur mais j'ai pas eu le temps : il était déjà à côté de moi.

— C'est vrai, ce que Monsieur Vandenbosche m'a raconté ?

— Ben, ça dépend, c'est qui, ce monsieur ? que j'ai demandé.

— Ne faites pas l'imbécile, c'est votre chef de service, celui dont vous avez bousillé la main !

— Oh, là, là, tout de suite les insinuations… J'ai rien fait du tout, moi, j'ai jamais vu un type aussi maladroit.

— Vous avez un culot incroyable, qu'il a fait le patron.

J'étais content qu'il le remarque aussi vite. Si je continuais à me distinguer comme ça, il allait peut-être me confier un poste où mes talents seraient mieux exploités : commercial, par exemple.

Mais ce n'était pas le genre du patron. Juste bon à faire des reproches et à empêcher de travailler. Un patron, comme tous les autres : incapable de discerner les vraies compétences.

Tchac tchac tchac.

Juste bon à se faire agrafer comme tous les autres.

J'étais bien naïf, moi.

Je lui ai dit, sans détour :

— Dites, il y a un problème avec votre bouquin.

— Ah bon, qu'il m'a fait avec un air de celui qui sait tout mieux que personne.

— Regardez un peu de près…

Il a pris un exemplaire en main, l'a feuilleté puis redéposé sur la pile.

— Je ne vois pas le moindre problème, qu'il a répondu. Par contre, si je vois bien, vous n'avez pas encore achevé un seul colis. En une demi-heure !

— Oh, oh ! Vous tracassez pas pour ça, patron, je suis le plus rapide. Dans une heure tout sera emballé, si vous dites que c'est le bon bouquin. Mais pour ça, il faudrait que vous me laissiez bosser tranquille.

J'ai pris le premier bouquin de la pile : en un seul mouvement souple, j'ai plié le bordereau en deux, l'ai glissé sous la couverture, j'ai enroulé le livre dans le carton ondulé, coupé, mesuré, ficelé et collé l'étiquette. Le patron avait la bouche ouverte et les yeux comme des pièces de deux euros.

— Ça fait longtemps que vous emballez ?

— C'est mon premier. Ne vous inquiétez pas, j'irai plus vite pour les suivants.

Il m'a laissé travailler. Je voyais bien que j'avais marqué un point. Dès qu'il a refermé la porte du bureau, je me suis assis et j'ai réfléchi. C'est vrai que je n'allais pas laisser ce type vendre de la merde à des innocents. Ils l'avaient pas lu, le livre, ils ne pouvaient pas savoir que ça ne racontait rien et qu'il se passait que dalle. Pas un meurtre, pas une histoire d'amour. Même dans la colonne des faits divers du plus mauvais des quotidiens, il y a plus d'action que dans tout ce bouquin. N'importe qui aurait pu faire mieux, c'était certain.

N'importe qui ? Ça m'a donné une idée.

Ça m'a pris tout l'après-midi mais quand j'ai eu fini le boulot, j'étais fier de moi. Et le patron aussi. Il m'a dit que je devrais me tenir à carreau mais que, si je bossais toujours aussi vite, ma place était assurée. Il m'a même serré la main. Une grosse poigne grasse et humide. J'aurais dû me laver les pognes en rentrant dans mon studio. La débilité, c'est peut-être contagieux.

Tchac tchac tchac.

*

Le lendemain, Vandenbosche était de retour, avec un gros bandage au bout du bras. Il m'a pris dans un coin et m'a dit que, si je faisais encore une seule connerie, il me foutait à la porte. Lui-même. Il m'a demandé de présenter des excuses. Je l'ai fait bien volontiers. Ce n'était pas méchant de ma part, c'était juste pour rigoler. Il m'a dit qu'il n'avait pas beaucoup d'humour et je lui ai répondu que j'avais remarqué.

J'ai proposé qu'on aille manger ensemble à midi et il a accepté.

Toute la matinée, j'ai emballé des catalogues. Mille trois cents à placer sous enveloppe. De la petite bière. Celle qu'on a bue à midi, par contre, c'était de la grande. De la Chimay bleue. Vandenbosche, il ne connaissait pas. Je lui ai dit que c'était léger et il en a bu trois. Ça faisait des années que je n'avais plus bu cette bière-là et ça m'a fait un bien fou. Mais j'ai dû soutenir Vandenbosche pour monter au service expédition. Je lui ai suggéré un café pour le retaper, il a accepté et il a tout vomi sur le carton ondulé.

Le patron n'était pas content, j'ai excusé mon chef, j'ai expliqué que ça devait être les séquelles de sa brûlure au doigt. Il a pu rentrer chez lui et j'ai passé l'après-midi à plier des bulletins de souscription. Ça tournait à une fameuse cadence dans la boîte. Le soir, j'étais tout de même crevé, alors je me suis servi une pils et j'ai filé au lit. Je crois que j'ai encore plié des prospectus pendant toute la nuit. Moi, ça me repose de plier. Question d'hébétude.

*

C'est le lendemain que les vraies emmerdes ont commencé. Vandenbosche et le patron m'attendaient de pied ferme. Ils m'ont passé un savon en règle : plus question de boire sur le temps de midi. L'alcool et les machines ne font pas bon ménage. Comme si je ne le savais pas !

Tchac tchac tchac.

Je me suis excusé, avec les yeux d'un chien battu qui jure qu'il ne pissera plus sur les fauteuils et je suis retourné à ma table. On m'a fait classer des factures, je devais vérifier que les numéros se suivaient puis les agrafer par série de cent. Tchac. Facile.

Tchac.

C'est vers dix heures qu'il y a eu le premier coup de fil. Un client mécontent, qui venait de recevoir son exemplaire du recueil de poésies et qui se plaignait. Quelqu'un avait griffonné du texte sur toutes les pages. Au Bic, en plus, avait-il précisé !

J'ai appris un truc utile dans la vie : que tu sois coupable ou innocent, dis toujours que ce n'est pas toi. Si ce n'est pas toi, tant mieux, tu ne fais que dire la vérité. Et si c'est toi, tant pis, ils n'ont qu'à trouver un autre moyen pour te mettre dedans. Tu ne vas pas te livrer si facilement.

— Au Bic ? ! j'ai fait. Qui est assez con pour écrire au Bic dans un bouquin ?

— Ce n'est pas vous, alors, qu'il m'a fait le patron.

— Je ne suis pas fou, j'ai dit, je viens juste d'être engagé, je ne vais pas scier la branche sur laquelle je suis endormi.

Le patron était furieux. Il a promis au client de lui faire parvenir un nouvel exemplaire, il a présenté ses excuses. Mais il voulait trouver un coupable. Quand le deuxième client a appelé, il a failli faire une attaque. Alors au septième coup de fil, il a réuni toute l'équipe dans son bureau.

Tchac tchac tchac.

Il y avait le comptable (un type à lunettes que j'avais déjà croisé dans l'escalier), l'équipe de production (deux infographistes, une secrétaire et un employé tout gris avec une chemise sale) et le service expédition, ce qui voulait dire Vandenbosche et moi-même.

Le patron a exposé le problème. Quelqu'un avait griffonné dans tous les bouquins, au Bic, parfois des insultes, parfois des pensées aberrantes, souvent des anecdotes sordides, pleines de violence et de haine.

— J'ai eu des clients en ligne toute la matinée, ils m'ont lu des passages. C'était carrément abject.

Tchac tchac tchac.

Si ça lui plaisait pas, j'ai pensé, il n'avait qu'à raccrocher. D'abord c'étaient pas des anecdotes sordides, c'étaient des histoires vraies. Je n'avais rien inventé.

— On pourrait voir un exemplaire ? a proposé l'employé gris du fond de sa chemise sale. On pourrait peut-être reconnaître l'écriture.

— Pas besoin, que j'ai dit, je suis peut-être le dernier arrivé ici mais je n'ai pas les yeux dans la poche. J'ai très bien vu qui a fait le coup. D'ailleurs, il m'a proposé cent euros pour que je la ferme et que j'envoie les bouquins comme ça.

Il y eut un silence de la mort. Un beau silence épais, comme quand le prof se fâche en classe.

Le patron me regardait avec des yeux de grenouille. Il avait vraiment le don pour jouer les imbéciles.

— Allez-y, dites-nous de qui il s'agit.

— Ce sera mille euros cash, j'ai répondu.

Personne ne s'attendait à ça. Surtout pas le patron. Il s'est approché de moi en tremblant du haut de ses deux mètres. On voyait qu'il avait envie de m'en coller une mais qu'il n'osait pas.

— Vous vous foutez de ma gueule ? Vous êtes employé ici. Si vous savez quelque chose, je vous somme de le dire.

— Mille euros, j'ai répété, ou je dis à tout le monde que c'est vous.

Les autres ont commencé à sourire. Tous sauf le patron, qui devenait gris à son tour.

J'ai encore attendu un peu, puis j'ai dit :

— Mille cinq cents ?

Tchac tchac tchac.

Le comptable a pouffé, la secrétaire aussi. Le patron pas. Il m'a empoigné par le col.

— Je vous ordonne de nous dire qui c'est, qu'il m'a gueulé dans l'oreille.

Alors ça a été comme un réflexe. Tchac tchac tchac, je lui ai planté trois agrafes dans chaque main. Je suis le plus rapide, je le sais, il n'a pas eu le temps de crier que le sang lui coulait le long des manches. Il m'a lâché et il s'est mis à pleurer comme un gamin.

— Ce n'est pas lui, j'ai fait, il n'aurait jamais eu le cran de faire une chose pareille.

Et je suis rentré calmement à la maison, j'avais envie d'une bonne bière.

Et de relire toutes les conneries que j'avais écrites dans les bouquins. Trop tard, c'était déjà parti par la poste.

Bon, si ça ne plaît pas aux lecteurs, la prochaine fois j'écrirai au crayon.

Mais je ne retournerai pas dans cette maison d'édition minable. Si le directeur n'a pas le cran d'encaisser trois agrafes sans pleurer, faut pas demander ce dont sont capables ses auteurs.

Tchac tchac tchac.

Faudra que je cherche du boulot : la littérature c'est pas pour moi.

Georges et les dragons

Mon père fumait des Saint-Michel. Des paquets verts, avec un ange habillé en chevalier, qui terrasse le dragon. Dès qu'il sortait la dernière, j'accourais à côté de son fauteuil et je tendais la main. J'affichais au même moment sur ma tête ronde le plus charmant des sourires dont un gosse de dix ans est capable. Un gosse aux cheveux noirs, aux genoux écorchés, aux chaussettes remontées trop haut. Un gosse avec de grosses dents, un nez trop long et des cils plus noirs que le charbon.

La suite de la scène était immuable. Mon père retirait le film plastique et déposait le paquet vide dans ma main à gros doigts. Je lâchais un merci, j'embrassais la joue de mon père et je filais dans ma chambre. Je fermais la porte, j'allumais la lampe de chevet et, lové sur mon lit comme un lapin au fond de son clapier, je passais à la dissection. L'aluminium, à la poubelle ; les restes de tabac échappé des cigarettes, à la poubelle ; la languette du service de taxation, à la poubelle aussi. Il ne me restait alors qu'à déplier le papier blanc vert et doré, à le glisser entre deux albums *Spirou* et à attendre.

En général, ma mère criait dans les dix minutes qui suivaient, pour nous convoquer à la table familiale, sous la lampe jaune de la cuisine, dont l'abat-jour était parsemé de points noirs (à cet âge-là, je croyais que c'était un motif d'origine, une sorte de recouvrement moucheté ou de peinture à pois ; quelques années plus tard, j'ai compris qu'il s'agissait tout simplement de crottes de mouche. Du coup, j'étais moins enclin à m'asseoir au milieu de la table, je préférais les deux places aux extrémités). Ce n'était pas le hasard qui organisait cette succession d'événements, loin de là. Mon père réglait son rythme de fumeur sur le compte à rebours du souper. Cinq minutes avant le repas, il s'asseyait dans son fauteuil, à côté de la fenêtre du salon, celle qui donnait sur la rue, allumait une cigarette et disait : « Je regarde la mer. » Ça me fascinait. J'avais beau m'asseoir sur les genoux de mon père pour regarder la mer avec lui, je ne voyais rien. De l'autre côté de la vitre, pas la moindre étendue d'eau. Sauf les jours de pluie, bien sûr – et ils étaient fréquents – mais pas au point de transformer les façades d'en face en masse d'eau salée. Je me disais que les adultes devaient voir plus loin que moi, par-delà les maisons et par-dessus les toits, vu qu'ils étaient plus malins et plus grands.

On se retrouvait tous les trois à table, on avalait nos côtes d'agneau, nos boulettes à la sauce tomate, et on se disait qu'on était heureux. Après le repas, mon père retournait à son fauteuil, s'allumait une Saint-Michel et annonçait : « Le soleil va bientôt se coucher sur la mer. »

Si j'avais eu des frères ou des sœurs, je leur aurais sans doute posé des questions, on aurait cherché des réponses ensemble, pour comprendre les étranges phrases que prononçait mon père, chaque jour autour du souper, mais j'étais enfant unique. À cet âge-là, d'ailleurs, je croyais que c'était comme ça dans toutes les maisons. Nous n'avions pas de famille en Belgique et je n'allais pas commencer à interroger les amis que nous retrouvions le samedi au terrain de football et le dimanche au café pour savoir si c'était différent chez eux. J'étais tout seul, et j'aimais bien m'occuper tout seul.

C'est pour ça qu'une fois par semaine, le mercredi après-midi le plus souvent, quand j'avais congé, je fonçais sur mon lit. Je soulevais les albums de *Spirou* et je retirais mes paquets de Saint-Michel bien plats. Il y en avait entre sept et quinze, selon la nervosité de mon père dans la semaine qui avait précédé. Sur chaque paquet : deux chevaliers et deux dragons. Je prenais mes ciseaux, ma colle et, pendant des heures et des heures, je n'étais plus là pour personne. Je découpais mes anges, je découpais mes dragons et je préparais ma fresque.

Ma fresque, c'étaient deux affiches de Nana Mouskouri que j'avais collées l'une contre l'autre, nez contre nez, lunettes contre lunettes, cheveux luisants contre rivière de poils noirs, pour obtenir le plus beau poster blanc et rigide que j'avais jamais possédé depuis mon arrivée sur terre.

— Ton arrivée en Belgique, Georges, aurait rectifié mon père.

C'était une manie chez lui. De toujours rappeler que j'étais né en Grèce, sur une île près de la Turquie, que j'étais arrivé en Belgique avec lui et ma mère, à l'âge de deux ans. Autant dire que je ne me souvenais de rien, sauf des histoires de mon père qui, entre ses cigarettes, passait son temps à me raconter le village, les olives, le pain dans le four à bois et les barques de pêche.

Sur le papier blanc, je préparais une gigantesque icône. Pas juste une petite avec la Vierge et deux apôtres en robe, non, une fresque magnifique : le combat des anges avec des centaines de dragons. D'un côté, je collais les cavaliers avec leurs lances, leurs ailes et leurs armures ; de l'autre j'amassais les dragons, en un gros tas grouillant, bien plus menaçants qu'un seul lézard cracheur de feu. Quand mon icône serait terminée, je la placerais au-dessus de mon lit, pour être protégé de tout. De la grippe et des interros surprises, des filles et des chewing-gums dans les cheveux, protégé de la fumée de cigarettes et des jours de pluie où on s'ennuie, tout seul dans le salon.

*

Quelques années plus tard, l'icône était toujours punaisée au-dessus de mon oreiller. Le vert et le blanc avaient viré au jaune pâle, le doré avait noirci. La colle attirait la poussière et, malgré mes prières répétées, je n'avais été épargné ni par la fumée ni par les jours de pluie, encore moins par la grippe et les interros surprises. Cela fonctionnait assez bien pour les chewing-gums et, malheureusement, pour les filles. Faut dire que mon nez avait encore gonflé, que mes cheveux étaient désormais assortis d'un duvet longeant ma lèvre supérieure et que, depuis mon arrivée à l'école secondaire, on riait aussi bien de mes origines (« Hé Georges, va te faire voir chez les Grecs ! ») que de mon prénom démodé.

À cette époque, la plupart des mystères de mon enfance avaient trouvé une explication. Mon père ne voyait pas vraiment la mer depuis son fauteuil, il avait juste gardé une vieille habitude datant de l'époque où il habitait Chio et s'asseyait devant la maison, avec les hommes du quartier, à regarder la mer vibrer sous le soleil, attendant le repas du soir, cigarette aux lèvres. La mer n'était plus là, les amis non plus, mais le rituel était resté immuable. Et s'il avait opté pour les Saint-Michel, au lieu des Belga et des Boule d'Or que ses collègues de l'usine achetaient une ou deux fois par jour, c'est qu'il ne lisait pas le français en arrivant en Belgique et qu'il avait cru reconnaître saint Georges sur le paquet de cigarettes. Et saint Georges, pour lui, c'était déjà un petit goût de Grèce.

Je me souviens très bien du jour où il m'a raconté pour la première fois la vie de saint Georges. Il m'avait dit d'écouter attentivement, que c'était très important, que j'avais un des plus beaux prénoms du monde, celui d'un chevalier qui avait combattu le dragon pour sauver toute une ville.

— Ce n'est pas courageux, ça ?

— Si, mais quand je dis que je m'appelle Georges, les autres rient et me traitent de vieux pépé.

— Tu ne dois pas te tracasser de ceux qui rient dans ton dos. Tu dois les laisser derrière toi et ne pas te retourner. Tu as un prénom grec et la Grèce c'est le plus beau pays du monde. Ils sont jaloux, c'est tout. Parce que leur saint Michel, ça a beau être un ange, je suis sûr qu'il ne fait pas le poids. Je serais curieux de faire combattre leurs dragons pour voir lequel était le plus vaillant.

C'était devenu un de mes jeux favoris, l'affrontement des dragons. J'avais deux chevaliers en plastique et deux dinosaures en caoutchouc. Je leur avais collé des flammes en papier dans la gueule pour qu'ils aient l'air plus menaçant et j'organisais des joutes pendant des heures.

Ce que j'aimais bien dans l'histoire de mon saint patron, c'est qu'il était courageux et qu'il était arrivé de nulle part pour sauver une ville. Peut-être qu'il venait de Grèce, au fond. Ou qu'il venait d'une autre planète. Peut-être que la Grèce c'était une autre planète, puisqu'il y avait du ciel bleu et de la mer partout. Enfin, tout ça, c'étaient les histoires qui me traversaient la tête et je rêvais de tuer un dragon pour épouser une princesse et devenir célèbre. Je me disais d'ailleurs que si je me retrouvais un jour devant une de ces bêtes monstrueuses, je n'aurais aucun mal à en venir à bout, tellement j'avais rêvé du combat et que j'avais répété les gestes dans ma tête. Je savais esquiver le crachat enflammé, trancher les ailes membraneuses pour empêcher le monstre de s'envoler, manier mon bouclier pour parer les coups de griffes et les morsures baveuses. Je savais qu'il fallait viser le cœur sous la cuirasse, ou saisir la queue fourchue puis trancher la gorge.

Tout ça, c'étaient mes rêves de gosse. Ces rêves, que je faisais tout éveillé sur le trajet de l'école, fendant l'air avec ma latte en plastique, ou dans mon sommeil, la tête sous ma fresque défraîchie, c'étaient comme les amis de mon enfance, mes copains à moi que je rejoignais dès que l'ennui venait traîner ses lourds pieds gris autour de moi. Je n'étais pas certain de devenir un jour chevalier, mais j'étais persuadé qu'un jour je tuerais mon dragon. Celui qui, quelque part, m'attendait au creux d'une forêt.

Je peux dater très précisément le jour où tous ces rêves ont perdu leur magie.

J'étais en deuxième secondaire. Pour le cours de religion, nous avions comme professeur un vieux jésuite qui revenait du bout du monde. Il avait décidé de nous enseigner la vie des saints et leur légende. On ne pouvait pas trouver de plus beau programme. Le principe était tout simple. On prenait les saints un à un, on cherchait à connaître leur histoire, puis on voyait quel culte était voué aujourd'hui à chacun de ces braves héros – jusque-là, tout me semblait très amusant – puis le père François nous expliquerait d'où venaient ces légendes, pourquoi elles avaient été mises en place et par qui. Là, je ne comprenais plus tout très bien. Tant qu'il s'est contenté d'expliquer saint Christophe et les bagnoles, saint Martin, son manteau et son cheval, le martyre de saint Laurent sur son gril, saint Nicolas qui sauve les enfants dans le saloir, c'était très amusant. D'abord, la plupart de ces personnages, je ne les connaissais pas, alors leur aventure, je la découvrais et je trouvais ça très joli. Et ça m'amusait de voir comment elle s'était transformée à travers les siècles. Mais quand il en est arrivé à saint Georges, alors moi, je n'étais plus d'accord du tout. D'après lui, le vrai Georges était né en Cappadoce, chrétien bien entendu, et à la mort de son père, était retourné en Palestine avec sa mère où il avait servi comme gradé dans l'armée romaine. Au début des années 300 (vous imaginez où ces histoires nous amènent), l'empereur Dioclétien décide de persécuter les chrétiens (ça, c'est un classique, ça revenait dans toutes les vies de saints), mais Georges, qui n'a pas sa langue en poche, ne se laisse pas faire. Il quitte l'armée et écrit à l'Empereur pour se plaindre. L'Empereur reçoit la lettre, la lit et jette Georges en prison. Les Romains apprennent alors qu'il aurait également détruit les édits de l'Empereur.

Du coup on le sort de sa cellule, on le balade dans la ville et on lui coupe la tête. Émue par le courage dont il a fait preuve, son épouse décide de se convertir au christianisme. Quelque temps plus tard, elle est mise à mort à son tour. Fin de la vraie histoire de saint Georges. On était bien loin des aventures qui m'avaient fait rêver.

Ça, avait encore expliqué le vieux père François, c'est la vérité historique. Ce sont les Grecs qui vont révérer saint Georges comme saint patron de la guerre, à cause de son rôle dans l'armée romaine. Et c'est au moment des croisades, quand les chrétiens d'Europe occidentale rencontrent les chrétiens de Grèce et de Byzance, que Georges passe à l'Ouest. On raconte que le saint est apparu dans le ciel juste avant une bataille que les croisés remportent. Il n'en faut pas plus. Sans rien savoir de la vraie histoire, les troubadours et les clercs s'emparent du saint et racontent sa vie passionnante. Pour la rendre plus exotique, ils placent la vie du saint en Syrie ou en Lybie, selon les goûts, dans ces régions d'où l'on a rapporté des mâchoires de crocodiles. Du coup, les persécuteurs romains sont remplacés par un dragon affamé qui réclame toujours plus à manger. Tout ça, bien sûr, ce sont des balivernes pour les naïfs du Moyen Âge et les sculpteurs de statue.

Je n'aimais pas du tout cette version-là. Je la détestais.

Je l'avais dit à mon père. Il était aussi triste que moi de savoir que cette histoire avait tant d'importance. Il m'avait dit que ce n'était pas grave, qu'il allait réparer ça. Du coup, quelques mois plus tard, il m'a emmené en voiture, entre hommes, qu'il avait dit, pour assister à la ducasse de Mons. Je ne savais pas ce que c'était, mais quand il m'a expliqué, j'ai compris que j'allais adorer.

*

Je ne savais pas que c'était la dernière fois que nous partions ensemble, avant que le cancer des poumons n'emporte définitivement mon père. Il savait déjà qu'il était condamné mais moi j'ignorais tout. Il m'avait offert une bière en me disant :

— Tu seras bientôt un homme, et quand les hommes font la fête, dans ce pays, ils boivent de la bière.

C'était la première fois que je goûtais le houblon, et le goût, pour moi, reste associé aux cris sur la Grand-Place et à l'arrivée du Doudou. Il suffit que je boive une bière blonde pour que je sente à nouveau le soleil sur mes cheveux noirs et mon cœur qui bat plus fort que les tambours de fanfare. Je voulais toucher le dragon, je me souviens très bien, j'étais persuadé que j'allais lui arracher un poil et que ça me porterait bonheur. Mon père m'a pris sur ses épaules, je hurlais pour essayer d'attirer l'attention de la bête, tandis que mon père toussait et toussait. Je ne sais plus s'il m'avait reposé sur le sol quand la queue du dragon a survolé nos têtes ou si, plus simplement, nous n'étions pas assez près. En tout cas, je n'ai pas eu droit à mon toucher porte-bonheur. On s'est rattrapés sur la tête du singe, je l'ai frottée et frottée en pensant à tous ceux que j'aimais, et ça n'a servi à rien. Saint-Michel a emporté mon père au paradis des fumeurs de fond quelques jours avant la fête nationale. J'ai pleuré très fort, très longtemps et j'ai continué à vivre.

Je m'intéressais plus que jamais aux aventures de saint Georges et de son dragon. Mais chaque fois que j'ai cherché à en savoir plus, sur son histoire, j'ai dû avouer que le prof de religion n'avait pas tort. Une réalité historique fade suivie par un mythe bien joli mais sans aucune réalité. Exactement comme le Père Noël ou les cloches de Pâques. J'ai tout de même appris qu'on fêtait saint Georges à Barcelone, que sa fête était devenue Journée mondiale du Livre et qu'il était plus populaire que jamais en Grèce et en Grande-Bretagne. J'ai vu des spectacles de marionnettes à Zakynthos et à Liège, qui racontaient le combat du dragon, j'ai lu des livres illustrés pour enfants et des dessins animés mais tous, c'est bien triste, reprenaient le même canevas bricolé par trois moines au milieu du XIVe siècle.

J'aurais bien voulu retrouver une vraie légende, un bout de rêve, une histoire qui me fasse rêver. J'ai grandi, je me suis marié, j'ai évité de fumer des cigarettes mais je n'ai jamais retrouvé la magie de saint Georges et de mes combats imaginaires, casserole sur la tête, couvercle en guise de bouclier, quand j'attaquais les fauteuils du salon.

Puis ma mère est morte à son tour, il y a deux mois de cela. Je suis allé vider la maison. L'odeur de mon enfance planait sur les objets : les meubles, les tentures, les icônes. La fresque était toujours au-dessus de mon lit. Mais c'est en vidant le tiroir de mon père que je suis tombé sur un cahier de toile grise, couvert de gribouillis en grec. Je me suis assis sur le bord de la fenêtre, et dans le silence de la maison vide j'ai tourné les pages. Il y avait toute la vie de mes parents : le prix du trajet en bateau quand ils avaient quitté Chio, le budget de leurs vacances chaque année, le prix de leurs voitures depuis 1973, des notes sur les visiteurs qui passaient par la maison. Mais surtout il y avait, perdues au milieu des chiffres et des notes, quelques pages de texte en grec que l'on pourrait traduire comme ceci.

Saint Georges et le dragon

Il y a très longtemps de cela, dans un pays très chaud, une ville au nom imprononçable se dressait au milieu du désert. La ville était ceinte de murailles blanches qui reflétaient le soleil. Une oasis permettait au peuple de cultiver la terre et la palmeraie était la plus grande du pays. La ville vivait dans le bonheur depuis des siècles, jusqu'à ce qu'un jour un dragon vienne s'installer au pied des palmiers. C'était un horrible dragon, cruel et affamé. Dès son arrivée, il dévora les chameaux qui se désaltéraient à l'ombre. On envoya des hommes armés pour chasser la bête : on les retrouva sur le sable, la tête arrachée, les membres désarticulés. Le dragon s'attaqua alors aux troupeaux de moutons et de chèvres. On tenta à nouveau de l'arrêter mais les deux cents hommes armés qui se jetèrent sur le dragon furent digérés à leur tour. Après quelques semaines, non seulement il n'y avait plus un seul animal en vie mais plus personne ne franchissait les portes de la ville de peur d'être dévoré. Alors le dragon exigea, pour ne pas achever toute la population d'un coup, qu'on lui livre chaque semaine une jeune fille vierge qu'il mangerait selon son bon vouloir. La population s'écroula en larmes, on envoya le sultan pour parlementer mais le dragon demeurait intraitable. Alors, on accepta le marché, on dut se résigner et, chaque semaine, une jeune vierge était envoyée à la mort. Elles furent près d'une centaine à y laisser la vie, pour permettre aux autres habitants de la ville de continuer à cultiver la terre pour nourrir les enfants. Jusqu'au jour où la seule jeune vierge qui pouvait encore être sacrifiée au dragon était la fille du sultan. Elle avait le teint mat et les cheveux plus noirs que les plumes du corbeau, c'était la plus jolie fille que le pays avait vu naître. Elle était si douce que la ville entière s'opposa à ce qu'elle se dirige vers la mort. Mais la fille du sultan était aussi brave que belle et exigea d'être envoyée comme les autres. La ville entière revêtit les couleurs du deuil et la population se massa sur les remparts pour saluer le courage de la jeune fille. On la vit s'avancer vers l'oasis, sur la route de sable doré et sa silhouette était déjà pareille à celle d'un fantôme.

Un grand silence planait sur le désert.

Lorsqu'elle disparut entre les palmiers, on aurait pu entendre trotter une fourmi.

Tous le savaient, dans quelques instants le dragon hurlerait à la mort et se jetterait sur son innocente victime. On aurait dit que la ville entière retenait sa respiration.

C'est alors qu'arrive de l'horizon, ceinturé par le nuage de sable que soulève le galop de son cheval, un jeune et noble chevalier. Ce qu'il fait au milieu du désert à une heure pareille, nul ne le sait. Il s'appelle Georges et vient de débarquer d'un pays très lointain, un pays de mer et de roche, où les îles sont plus nombreuses encore que les serpents dans le désert. Au moment où ce chevalier atteint les portes de la ville, un hurlement rauque et glacé fend l'air de part en part. C'est l'hallali du dragon qui va engloutir sa proie, son *benedicite* juste avant de passer à table. Le sang de Georges ne fait qu'un tour, la température monte dans son cerveau, ses tempes palpitent. Il demande à la population quel est ce cri horrible. Une seule voix lui répond :

— N'y allez pas chevalier, c'est un horrible dragon qui s'apprête à dévorer la fille de notre sultan.

Georges se redresse, son armure scintille sous le soleil de midi et sa lance ressemble à un éclair de foudre.

— Je vous demande le droit d'aller seul affronter ce dragon, crie-t-il.

— Et qu'est-ce qui te fait croire que ton bras sera plus fort que cette bête de l'enfer, elle qui est venue à bout de tous les guerriers qui ont essayé de la combattre ?

— Je serai le plus fort parce que je m'appelle Georges et que tous les Georges qui naîtront après moi pourront être fiers de ma bravoure. Ce n'est pas moi qui affronterai le dragon, c'est la force assemblée de tous les Georges qui soulèvera ma lance, qui serrera mon bouclier. C'est leur force qui m'aidera à triompher de cette créature de l'enfer.

À ces paroles, le sultan ne sait que répondre et Georges se dirige au grand galop vers l'oasis. Alerté par le martèlement du cheval blanc, le dragon surgit entre les palmiers. Il est vert comme la vase, ses ailes sont noires et membraneuses, son souffle brun. Ses dents et ses griffes ont la taille et le tranchant des épées les plus lourdes, son œil rond et rouge est vif, ses oreilles tendues.

Georges met pied à terre, puis pose le genou sur le sol. Appuyé sur son bouclier, on pourrait croire qu'il prie le dieu des chrétiens de lui venir en aide, mais c'est l'humanité entière qu'il appelle à son aide pour ce combat d'exception. Puis, convaincu que la confiance de tout l'Occident a infusé la rage dans sa maigre carcasse terrestre, il remonte sur son cheval blanc et fond sur la bête comme un glaçon sur la plage.

Nuage de fumée. Grognements, raclements d'ailes, griffes qui s'enfoncent dans les flancs du cheval, puis lance dans la panse, lance dans la gorge, coup d'épée au foie, coup d'éperon dans le nombril, queue tranchée d'un coup d'écu.

Hurlement du dragon. Râle, agonie.

Silence du désert puis liesse de la ville entière.

Georges a vaincu le dragon ! La foule se rue hors des murs de la ville, elle soulève le chevalier victorieux comme la mer emporte une bougie flottante. On emmène le vainqueur vers le sultan, mais au moment de franchir les portes de la cité, le cortège est arrêté par une jeune fille tout de blanc vêtue. Elle se dresse seule devant la foule, immaculée comme le lait, les mains jointes, des larmes à peine séchées au bord des yeux.

— Je veux que cet étranger soit mon mari, dit-elle d'une voix douce. Il m'a sauvé la vie, je lui donnerai mon amour et ma fidélité et, si cela peut assurer ma protection, je ferai mienne sa religion.

— Hourra ! Hourra ! crie la foule.

— Un instant, interrompt Georges. Je ne suis qu'un chevalier errant, je ne cherche pas les attaches. Je suis du genre solitaire, autonome, indépendant. J'organise mon temps comme ça m'arrange. Veillées d'armes, séance d'équitation, sauvetage de princesses en péril, c'est mon boulot. J'ai encore de longues années devant moi. Je ne vais pas m'arrêter pour un simple dragon qui croise ma route et vient s'empaler sur mon épée. Salut la compagnie !

Et sur cette dernière parole, Georges effectue un incroyable bond à travers les airs, par-dessus la tête des bourgeois qui le portent en triomphe, et atterrit sur son cheval à peine essoufflé. Il sort une Saint-Michel de son étui en or massif, l'allume, tire une longue bouffée, pique des deux éperons et disparaît dans le lointain.

À partir de ce jour, plus personne n'entendit jamais plus parler du vrai Georges.

*

J'ai retiré la fresque du mur de ma chambre, je l'ai emportée avec le cahier. Si mon père est là-haut, dans le ciel, assis entre saint Georges et saint Michel, il peut savoir qu'il n'aura pas écrit son histoire pour rien. Peut-être qu'un jour j'aurai des enfants à qui je pourrai la raconter.

J'apprends à bien tuer

Ça faisait tellement longtemps que je me disais qu'il aurait fallu créer une école pour former les assassins et les meurtriers que j'avais fini par en ouvrir une. J'étais persuadé qu'avec un enseignement rigoureux et des étudiants motivés, on pourrait obtenir rapidement des résultats tangibles : des meurtres vraiment anonymes, des prisons vides, des morts bien morts et des coupables introuvables. Mais pour ça, il aurait fallu que l'État soutienne mon initiative et ce n'était pas le cas. J'étais en avance sur mon temps, l'Éducation nationale n'était pas encore prête à subsidier ma filière de formation.

Par conséquent, mon projet n'avait pas beaucoup d'effet et le secteur restait monopolisé par des amateurs sans qualifications, formés sur le tas, assassins par hasard ou par désœuvrement, qui se mettaient au crime comme on se met au golf, sur le tard et sans réelle conviction. Ou pire, pour faire comme tout le monde. Forcés de trouver une autre occupation pour gagner leur vie, ils ne consacraient à leur passion que le temps qu'il leur restait, les enfants couchés, les traites de la maison payées et la journée finie. Personne ne se rendait compte à quel point cet état de fait, qui perdure encore, est dommageable à la société. Un crime passionnel qui tourne mal, c'est une lame de couteau qui touche la moelle épinière au lieu des poumons et laisse une mère paralysée en chaise roulante ; un hold-up mal organisé, ça dure une éternité, ça voit les malfrats rejoindre leur taudis à fond la caisse sur les boulevards, sans butin, les flics au cul, mettant en danger la vie de centaines de piétons. C'est pour ces raisons que j'avais mis sur pied une formation privée aboutissant au diplôme non agréé, il va de soi, de délinquant notoire. « J'apprends à bien tuer », ça s'appelait.

Mais la chance ne devait pas être de mon côté sur ce coup-là.

Je ne pouvais pas passer d'annonce ni obtenir de subvention pour mon activité, je n'avais pas de local adapté pour accueillir les étudiants, je donnais donc les cours du soir chez moi, dans le salon, et le seul type que j'avais réussi à convaincre était mon voisin d'en face, un gros chauve aux mains moites, persuadé que les Noirs étaient trop cuits et que les femmes avaient un cerveau aussi peu développé que les Juifs et les Napolitains. Il en voulait beaucoup aux Napolitains parce qu'il était né en Sicile, dans un village dont le nom m'échappe, et que c'est à Naples qu'il s'était fait tabasser la première fois, un soir de beuverie durant son service militaire. Il ne s'en était jamais remis. Physiquement oui, il n'avait pas de séquelles, mais dans la tête, ça le travaillait toujours.

Il s'appelait Mario. C'était sans doute le pire crétin que la terre ait jamais engendré mais c'était mon élève. Un élève lamentable. Assidu, oui, mais nul jusqu'à l'os. Je lui fixais rendez-vous chaque jour à dix-huit heures pour la leçon et, invariablement, il frappait à ma porte, désœuvré, sur le coup de midi, me demandant à quelle heure commenceraient les travaux pratiques. Il crevait d'envie de passer au tir à balle réelle. Mais j'aurais préféré crever étranglé par ses gros doigts gras que risquer de lui mettre une arme à feu entre les mains. Comme je ne répondais pas tout de suite, il traversait le hall, s'effondrait dans le fauteuil du rez-de-chaussée, retirait ses bottines, puis ses chaussettes et réclamait du café. Je n'avais aucune envie de passer mes après-midi en compagnie de ce type pas frais, de ses souvenirs d'atelier de boucherie, de ses histoires de service militaire, de ses blagues sur les Roumains et les pédés. Mais non seulement il était mon élève – ce qui aurait été une excuse suffisante pour lui ouvrir la porte – mais il vivait aussi en compagnie d'une nièce orpheline (j'avais eu droit une dizaine de fois au récit de cette nuit d'orage où la caravane de ses parents avait été emportée dans une crue de la Semois, laissant à Mario le devoir d'élever la fille de son frère). Orpheline, oui, mais surtout canon. Alors, je devais me farcir l'autre boulet de longues heures durant, dans l'espoir qu'elle vienne, au milieu de l'après-midi, frapper à la porte, demander si son tonton était chez moi, avec son sourire d'ange, sa chevelure de feu et, surtout, une paire de bottes qui lui faisaient des jambes à hennir de bonheur, rien qu'à cause des talons. Ce n'est pas elle qui hennissait, bien sûr, mais les mâles dans mon genre, qui avaient l'honneur de la voir en pied, en chair et en os. Rien que pour ces instants-là, j'aurais donné cours à tous les Quasimodos, servi du café à Gargamel, offert mon meilleur fauteuil, celui qui donne sur la rue, à Rastapopoulos en personne.

Au fond, c'était peut-être un type pire que tous ceux-là, justement, qui y était assis à longueur d'après-midi.

N'empêche, à force de traverser la rue, la demoiselle en question, Linda, la nièce de Mario, elle avait fini par trouver ça drôle de venir à ma porte tous les après-midi, pour prendre des nouvelles de son oncle et le temps de causer avec moi. Faut dire qu'il n'y avait pas beaucoup d'animation dans le quartier : les poubelles deux fois par semaine, sac jaune, sac bleu, le facteur le matin et les alarmes de bagnoles pendant la nuit. Rien de très amusant. Tandis que moi, ben, j'étais peut-être pas très amusant non plus, mais je durais plus longtemps que le passage des éboueurs et j'étais tout de même moins casse-pieds que les sirènes en pleine nuit. Puis je répondais au sourire de Linda, je lui en renvoyais un que j'avais fait moi-même, plus large, plus souriant encore, et je voyais bien qu'elle le prenait en pleine face sans esquiver. Puis elle n'était pas contraire. Pas contraire du tout parce qu'elle s'est mise à venir tous les jours et nos conversations sur le pas de la porte duraient de plus en plus longtemps, au point que Mario, les jambes posées sur mon porte-journaux, s'endormait parfois à force d'attendre que je revienne. Linda avait été coiffeuse, Linda avait été chanteuse dans un bar, elle avait aussi servi à boire à des ministres et aidé un magicien dans ses tours de magie. Je l'aurais écoutée pendant des journées entières.

Mario, lui, n'aimait pas ça du tout, il ne pensait qu'à ses leçons de tir et de camouflage, il trouvait que Linda aurait dû rester à la maison, qu'une jeune femme comme elle ne devait pas sortir seule en rue, surtout avec les drogués et les Tziganes qu'on croisait dans le quartier, à cause de l'anthrax, des bombes et des mangeurs de loukoums qui traînaient, que s'ils les attrapaient, d'ailleurs, ces types-là, il leur montrerait sa 22 long et Linda, pour le faire taire, retraversait la rue en me lançant un regard de poisson rouge qui en a marre de l'eau. Je rentrais sagement ne pas donner cours à mon élève insupportable.

Après quelques mois de ce va-et-vient, nous avons fini par profiter des siestes de Mario pour rejoindre la chambre, ou la cave, ou les deux, selon les envies, et Linda et ses bottes ne demandaient pas mieux. Mario, lui, ne demandait plus rien, il siestait comme un bambin depuis que Linda m'avait apporté des somnifères pour que je les ajoute au premier café de midi. Du déca, il va de soi. Radical. Deux heures d'intimité garanties.

Ça aurait pu durer comme ça des mois et des mois, des années sans doute ; vu que Mario n'était pas bon élève, la formation aurait pu traîner sur des décennies avant qu'il ne soit capable de faire disparaître un cadavre ou de forger un alibi crédible. Mais voilà, à force de tout planifier, on dérape sur le plus petit détail, à force de détester le monde entier, on finit par se laisser gagner par la haine et l'on s'attaque à la première mouche qui passe.

On avait prévu beaucoup de choses avec Linda, on avait beaucoup rêvé. On espérait qu'un jour, peut-être, Mario nous foutrait la paix pour de bon. Je savais que Linda était prête au pire s'il le fallait. Mais pas à se débarrasser de son oncle.

Un beau jour, il est arrivé chez moi en nage, avec un sac en papier brun de chez Quick au bout du bras. Il me l'a tendu avant de rejoindre son fauteuil.

— C'est gentil Mario, mais j'ai déjà mangé. Tu veux du café ?

— Ce n'est pas ce que tu crois. Regarde ce que c'est : c'est un cadeau.

J'ai ouvert le sachet avec le regard vide.

C'était une main. Tranchée à la hauteur du poignet. Une main de femme avec des ongles vernis, emballée dans un sac de congélation.

— Je suis passé aux travaux pratiques, qu'il a lâché, d'un air amusé.

— Mais c'est Linda ! ai-je lâché entre mes dents serrées.

— Chhttt ! a-t-il repris, le doigt sur la bouche, me saisissant le bras. Silence ! regarde comme j'ai bien maquillé ça : impossible de la reconnaître. J'ai enlevé les bagues.

— Mais tu es fou, Mario, c'était ta nièce, elle n'avait rien fait à personne !

— Je ne suis pas fou, au contraire, j'ai suivi tous tes conseils à la lettre, je suis couvert comme une fourchette, si j'ose dire.

— Ce n'est pas drôle Mario. Pourquoi as-tu fait ça ?

— C'est mon secret ! Si je dévoile le mobile, on remontera plus facilement jusqu'à moi. Il faut dissimuler aussi bien le mobile que les indices matériels, j'ai retenu la leçon.

J'avais un nœud dans le ventre, ça me faisait mal rien que de parler. J'avais les jambes faibles.

— Mais ça ne vaut pas pour moi, tout ça, Mario. C'est pour la police. Moi, je sais que c'est toi, tu peux m'expliquer, je ne vais pas te dénoncer.

— Ah, d'accord. Elle m'empoisonnait. J'en ai la preuve. De la mort aux rats dans la bouffe ; j'ai retrouvé le sachet à la cave.

— Et tu crois que tu vas t'en tirer comme ça ? La police va tout de suite penser que c'est toi. Je te l'ai dit mille fois : ne jamais assassiner quelqu'un qu'on connaît personnellement. Encore moins de la famille. Ne jamais tuer dans la famille. Jamais tuer par intérêt, c'est facile à retenir, quand même.

— C'est là mon idée de génie : je me suis dit que tout le monde sait ça, même le plus idiot des flics : il n'y a qu'un demeuré pour découper sa propre nièce en morceaux, et chez lui en plus. On n'imaginera pas que je suis assez con pour faire un coup pareil. On cherchera plus loin.

— On te demandera tout de même un alibi, c'est toi qu'on interrogera en premier.

— J'en ai un : j'étais ici pour mon cours de meurtre. Tu me dois bien ça, après les leçons que je t'ai payées, tu me couvriras, tu diras qu'on a passé la nuit ensemble, hein ?

Je commençais à trembler. J'avais affaire au plus sinistre crétin que femelle humaine avait jamais porté. Son crâne devait être traversé par le vent comme le parking du Cora le dimanche matin.

— Elle voulait mon argent, tu sais.

— Je ne veux pas le savoir, Mario. Et le corps, qu'en as-tu fait ?

— Ben justement, c'est pour ça que je venais. J'ai déjà apporté une main, je voulais te demander si tu ne voulais pas cacher les morceaux dans ta cave quelques semaines, le temps que l'affaire se tasse…

— Mario…

— C'est le même raisonnement que pour la parenté : personne ne croira que le corps n'est même pas enterré ou dissimulé, qu'il est juste entreposé chez le voisin d'en face. C'est tellement idiot que la police n'y pensera pas.

La tête me tournait. Je voyais le sachet Quick et la main de Mario cachée sous son anorak.

— Qu'est-ce que tu as caché sous ta veste, j'ai demandé.

— C'est ma barrette de boucher, c'est avec ça que je l'ai débitée, expliqua-t-il, exhibant fièrement un large couteau à la lame ensanglantée.

Mon cerveau se mit alors en marche, d'un seul coup. J'ai repensé à Linda. À tous les mots qu'elle m'avait dits. Aux bonheurs qu'on s'était promis. Je ne voyais plus Mario, je ne voyais qu'un boucher suant, dans son anorak sale.

— J'ai une idée, je lui ai dit, en lui prenant l'outil des mains.

— Je savais que si je devais compter sur quelqu'un, c'était sur toi. Tu es un vrai pro.

— On va tout planquer à la cave, derrière la chaudière.

— Un vrai pro, je le savais.

J'ai ouvert la porte, j'ai laissé passer le pauvre type et, quand il m'a frôlé dans l'encadrement de la porte, j'ai senti le parfum de Linda sur son col. Au moment où il a posé le pied dans l'escalier, je lui ai balancé ma bottine dans le haut du dos. J'ai vu Mario rouler de marche en marche, dans un couinement de cochon.

Je suis descendu en trois enjambées et j'ai empoigné mon ancien élève par le col. J'avais la barrette de boucher dans la main droite, j'ai senti son haleine de café. Ses yeux me suppliaient.

— Qu'est-ce que tu fais ?

— Je vais venger Linda, j'ai crié.

J'avais le sang chaud mais des réflexes isothermes. J'ai saisi un sac poubelle et je l'ai placé devant moi avant de frapper le premier coup. Au troisième, Mario ne bougeait plus du tout.

J'ai enfoncé mon nez dans l'anorak. L'odeur de Linda ! J'ai fermé les yeux.

Puis j'ai mis la théorie en pratique.

J'ai emballé Mario dans une carpette, j'ai attendu la nuit puis j'ai porté le corps dans la voiture. J'ai roulé une demi-heure pour arriver au fond d'un bois et là, à la lumière des phares, je lui ai arraché les yeux et coupé les doigts. J'ai enfermé ces organes dans un paquet de cigarettes vide, je l'ai arrosé d'essence et je l'ai laissé cramer sur place. J'ai encore arraché les dents que j'ai cassées en petits bouts sur une grosse pierre bleue, puis j'ai utilisé la pierre pour lester le corps, que j'avais dévêtu. J'ai roulé vers l'Escaut, la fenêtre ouverte, balançant les restes de molaires, morceau par morceau, tous les deux cent cinquante mètres. J'ai jeté le corps à l'eau puis mes vêtements et les siens dans la boîte de recyclages des Petits Riens à l'entrée d'un Delhaize désert.

Je suis rentré chez moi.

L'adrénaline baissait.

Je n'aurais jamais dû donner cours à ce type. C'était une mauvaise idée. Il était trop tard, déjà.

J'ai poussé la porte, j'ai traversé le corridor et je me suis effondré dans le fauteuil.

Ça m'a fait du bien. Je suis resté comme ça, en silence, un long moment.

Linda m'a rejoint avec une bière fraîche. Elle souriait comme jamais.

— Alors ? qu'elle m'a demandé.

— C'est fait, j'ai lâché.

On a passé la nuit dans le lit. Sans craindre que Mario ne se réveille. Et les autres nuits aussi. Linda s'est installée chez moi, ou l'inverse. On s'est rangés, heureux et j'ai arrêté de donner cours. Pénurie de clients : j'avais pas la fibre de l'enseignement, autant le reconnaître.

On a continué à vivre heureux comme ça très long-temps. Des mois au moins. Avec la fausse main dans son sachet Quick posée sur la cheminée. Le souvenir de Mario et du poisson d'avril qu'il croyait me faire avec sa nièce. Le ketchup autour du poignet a fini par brunir.

Un jour, un type est venu sonner à la porte. Un type comme des tas d'autres : en cravate, en costume. Un type qui voulait voir Mario et lui remettre son gros lot. Le pactole de la loterie européenne. La tranche spéciale. Un million d'euros. Mario avait envoyé son billet signé, que le type m'a expliqué, c'est la procédure pour les grosses sommes et on venait lui apporter l'argent. Il n'en avait même pas parlé à Linda.

— Il est parti en voyage, j'ai fait.

— Où ça ?

— On n'en sait rien, il n'a pas dit.

— Vous êtes de la famille ?

J'ai pas dit oui, j'ai pas dit non.

— Vous pouvez lui remettre ceci ?

C'était un chèque personnel barré et tout, au nom de Mario. On l'a posé sur la cheminée, à côté du sac brun, on le regarde encore de temps en temps. On s'est d'abord dit qu'on ferait bien réapparaître Mario pour qu'il meure officiellement mais je me suis rappelé un principe de base : ne jamais tuer par intérêt.

Par passion, ça oui, on peut.

Y a pas de doute.

Parce que pour une femme on peut tout faire.

L'échappée belle

Le nain de jardin, avec sa brouette, dans le gazon à gauche du sentier, ça aurait dû me mettre l'oreille dans la puce : on n'attrape pas le vinaigre avec des mouches, on n'attire pas les hirondelles avec le printemps, on n'héberge pas quelqu'un en cavale dans la maison d'un nain de jardin. Mais je n'avais pas le choix : l'avenue était large, toute droite, j'étais à bout de souffle. Si j'hésitais quinze secondes de plus, le combi allait franchir le carrefour et me tomber droit dessus. J'ai tourné la tête une dernière fois : rien n'était en vue, j'ai pris mon élan et sauté d'un coup de l'autre côté de la haie.

J'ai atterri sur le sol, le dos contre les thuyas, la respiration haletante. J'avais un goût de sang dans la bouche, une odeur de fauve sous les aisselles, j'ai fermé les yeux, on n'entendait plus que le gazouillis des oiseaux dans les arbres et mon souffle qui revenait peu à peu. J'ai attendu un grand bout de moment, long comme la piste d'un bar de strip-teaseuse. Ça me faisait du bien de ne rien faire. Il y avait du soleil qui tombait par petites touches jaunes sur le vert du gazon, c'était joli. Presque un moment de bonheur dans une vie de bâton de chaise.

J'ai regardé la villa, c'était une de ces grosses baraques moches, sans autre intérêt que d'héberger des gens aussi ternes et proprets qu'elles, petites vies classées dans des tiroirs bien propres, fichiers d'ordinateurs interchangeables, comptables, directeurs, commerciaux, peu importe, il ne fallait pas que je mette le pied là-dedans, j'allais encore déclasser du bourgeois, casser des dents, ressortir aussitôt avec un ordinateur sous le bras et des téléphones portables plein les poches, ce n'était pas le moment, il fallait que je me tienne à carreau. Que je me repose et que je pense un bon coup avant de me remettre en marche.

J'ai fermé les yeux à nouveau et un moteur de bagnole a aussitôt tiré mon esprit de sa torpeur. C'était tout proche, juste dans mon dos, ça a été suivi par un bruit de roues qui s'enfoncent dans le gravier épais et le crépitement caractéristique du frein à main qu'on tire d'un geste sec. J'ai collé mon corps contre le sol. La portière s'est ouverte.

*

J'avais eu une journée de merde. Une de ces journées où tout ce qu'on a dû bouffer de force depuis des semaines ressort d'un coup par la mauvaise extrémité, les clients qui râlent, le supérieur qui passe ses nerfs sur vous, la machine à café en panne, les concombres moisis dans le Tupperware de midi, tout avait foiré en chaîne. Même ma relaxation de fin de journée, mes vingt longueurs à la piscine de l'Holiday Inn, je n'y avais pas eu droit parce que j'avais oublié mon maillot. Je suis rentré à la maison, je n'avais qu'une envie, c'était de m'affaler devant le poste, de descendre deux bières et d'envoyer promener la planète entière jusqu'au lendemain matin au moins. Mais les choses ne se passent jamais comme on voudrait. Monique, qui me prépare chaque soir un repas métronome, qui tombe sur la table pile à mon retour, elle qui est toujours à m'attendre pour me décapsuler une bière et me demander des nouvelles du boulot, voilà qu'elle était dans tous ses états, les yeux pleins de larmes, elle s'est jetée dans mes bras dès que j'ai poussé la porte : Éric, qu'elle m'a lâché dans un sanglot, il faut que tu fasses quelque chose, tu as vu ce qu'ils m'ont fait ! Elle s'agitait comme une vieille Palestinienne en s'accrochant à mon costume trois-pièces et pointait ses cheveux avec tous les doigts qu'elle trouvait au bout de ses mains. Tu as vu la couleur, qu'elle répétait, tu as vu la couleur ? Je ne pourrai jamais sortir comme ça, il faut que tu fasses quelque chose.

Il y a un proverbe qui dit qu'il vaut mieux ne pas discuter des goûts et des couleurs. J'aurais dû m'en rappeler parce que chaque mot que j'ai dit, à partir de ce moment-là, était comme une cuillerée de savon vert qu'on lâchait sous mes pas pour mieux me faire dégringoler la pente.

*

Il ne fallait pas que je reste là. J'ai vu le propriétaire descendre de la voiture avec sa cravate et son attaché-case. Je l'ai entendu fermer la voiture avec la commande à distance. Il a glissé les clefs dans sa mallette, une fois la porte de la maison ouverte. J'ai noté l'information et je l'ai gardée dans un recoin de mon crâne. Tout est cuit à point pour qui sait attendre, c'est bien connu. Il fallait que je me trouve une planque un peu sérieuse : derrière la haie, j'étais à l'abri de la rue mais on pouvait me voir sans problème depuis les fenêtres de la maison. Il était urgent de trouver mieux. Le jardin était bien entretenu, l'herbe fraîchement tondue, ça sentait l'abri de jardin à plein nez. J'ai fait le tour du propriétaire en longeant les haies et je l'ai trouvé juste dans le fond, sous un saule qui pleurait toutes les feuilles de son tronc, un joli faux chalet suisse avec des petits rideaux à carreaux, pas de serrure, juste une tondeuse, de l'engrais et des râteaux. Un domicile parfait pour un sans-abri dans mon genre. J'ai tiré la porte derrière moi et j'ai commencé à faire le ménage. Avec les sacs de terreau et le tuyau d'arrosage, j'ai pu me bricoler une sorte de couche presque confortable. La chaleur descendait déjà. Il pouvait faire frais pendant la nuit. J'ai encore tâtonné pour mettre la main sur un vieil anorak puant qui me ferait une assez bonne couverture. J'ai fermé les yeux et j'ai attendu que le sommeil vienne tout seul, ça n'a pas tardé.

*

Qu'est-ce qu'ils ont tes cheveux ? Ils sont très bien comme ça, que j'ai simplement lâché. J'aurais pu lui jeter un tonnelet d'huile bouillante en pleine figure, l'effet n'aurait pas été différent. Mais ils sont horribles ! Tu es aveugle ou quoi, qu'elle m'a répondu. Ils sont blancs presque bleus, on dirait une perruque de vieille dame, tu ne veux quand même pas que je les laisse comme ça, non ? Si, bien sûr, que j'aurais préféré qu'elle les laisse comme ça, qu'elle se calme, qu'elle me foute la paix et que j'aille boire ma bière tranquille devant les infos, en attendant qu'elle me serve les éternelles tomates farcies du mardi. Mais je ne pouvais pas le lui avouer aussi simplement. Alors je lui ai dit qu'elle exagérait, puis qu'elle montait sur ses grands chevaux pour un rien, puis qu'elle était incroyable de faire une scène pour un détail pareil, puis qu'elle était invivable au fond, puis qu'elle me tapait sur le système, puis qu'elle me sortait par tous les trous, et ainsi de suite pendant une bonne heure au moins, les mots s'enchaînant pour sortir en chapelets, je ne pensais pas la moitié de ce que je disais, j'aurais dû tout simplement lui dire que j'étais très fatigué, que je n'avais pas envie de discuter des heures, que ses cheveux s'arrangeraient le lendemain avec une autre teinture ou avec une perruque pendant quelques jours, qu'on allait oublier tout ça avec un verre, qu'on allait s'asseoir en amoureux comme au premier jour, avec une lumière tamisée qui lui ferait oublier les mèches bleues, mais non, au lieu de tout ça, je l'ai entendue me crier dessus et j'ai crié encore plus fort, je me suis vu boucler une valise avec un pyjama, deux caleçons et une douzaine de chaussettes, dont certaines devaient être sales, une chemise de rechange, elle me hurlait de disparaître à tout jamais et de ne jamais revenir, je hurlais moi aussi, j'ai même renversé la lampe de chevet en empochant mes calmants, puis je l'ai entendue sangloter dans mon dos tandis que je descendais l'escalier quatre à quatre et que je sortais dans la nuit en claquant la porte derrière moi.

Le silence m'a fait un bien fou.

L'air était tiède.

La rue calme.

Des mouches voletaient autour des néons de l'éclairage public.

La lune était pleine et la nuit presque aussi claire que l'aube.

J'étais en vie.

On me fichait enfin la paix.

Je me suis senti bien pour la première fois depuis le matin.

Je me serais bien couché là, tout simplement, sur les pierres de l'allée, à côté du gravier, pour m'écrouler de fatigue. J'avais les nerfs à bout.

Dans la voiture, je serais bien mieux. Ou chez André, même. Je l'avais déjà hébergé une fois ou deux, quand il avait traversé des zones de turbulences avec son hôtesse de l'air de femme. C'était sans doute le seul endroit au monde où on m'accueillerait sans me poser de question. Avec le silence et le sourire qu'on attend d'un ami. J'ai marché vers la voiture et sorti mon GSM. C'est à ce moment-là que je me suis rendu compte que je n'avais pas les clefs de l'Audi. Elles étaient restées à l'intérieur. Avec les clefs de la porte d'entrée d'ailleurs. J'étais enfermé dehors pour de bon.

*

Quand je dors, il n'y a pas grand-chose qui peut me réveiller. C'est une vraie tare. Quand on n'a pas la conscience tranquille, comme moi, on ne devrait jamais dormir. Juste s'assoupir quelques instants pour recharger les batteries puis se redresser d'un coup sec. En taule, ça m'a déjà joué des mauvais tours, il y en a qui ont profité de mon sommeil pour me prendre par surprise. Et ça marche à tous les coups, vu que je dors comme un bébé. Je fais des rêves idiots, où je suis un type hypermusclé, avec des tatouages sur tout le corps et je dégomme les mecs que je croise. Ça peut durer des heures, ce rêve-là, une nuit entière en tout cas, c'est comme dans un jeu vidéo, il suffit que j'en

114

tabasse un pour qu'il en repousse cinq autres. Peut-être que j'ai subi un traumatisme dans l'enfance : un film de Jean-Claude Van Damme ou de Chuck Norris que j'aurais regardé depuis mon parc ou mon berceau. Peu importe, au fond, je ne vais pas perdre mon temps à payer des psychanalystes pour qu'ils me disent ce que je sais déjà : j'ai le cerveau ravagé et les nerfs en boule. S'il y a quelqu'un que cela dérange, qu'il me le dise en face et je lui ferai comprendre que je ne suis pas du même avis.

Enfin, tout ça pour dire que je ronflais de tout mon soûl et que j'en profitais un max.

*

Enfermé dehors, chez soi, c'est vraiment un comble. Je n'allais tout de même pas sonner pour demander les clefs à Monique. Il fallait au moins que je laisse la pression retomber quelques heures, le temps qu'elle appelle des copines, sa sœur, sa mère et qu'elle se rende compte que rien de sérieux ne s'était passé. En attendant, je devais trouver un endroit où passer la nuit. À mes yeux, il n'y en avait qu'un : l'abri de jardin.

J'ai contourné la maison sur la pointe des pieds, je n'avais aucune envie que Monique me repère depuis la salle de bains où elle s'était certainement enfermée après mon départ. J'ai traversé la pelouse et j'ai ouvert la porte du chalet, tout doucement, sans faire le moindre bruit.

*

Ça vous réveille d'un coup. Un type qui vous secoue, même quand on a un sommeil de plomb, ça vous tire de vos rêves. Il me gueulait dessus comme un enragé, mais à mi-voix : qu'est-ce que vous faites ici, qu'il me chuchotait la bouche grande ouverte, qu'est-ce que vous faites ici, dans mon jardin, hein ? Il avait le même costume qu'en sortant de la voiture, mais il avait laissé tomber la veste. Il avait des yeux verts, presque transparents, et un corps aussi musclé que celui de mon rêve.

Je n'avais pas vraiment l'avantage. Il me secouait d'une main, tandis que de l'autre, il me menaçait avec une bêche rouillée. Si je tentais de m'enfuir, il pourrait m'assommer d'un simple geste du bras. C'était vraiment trop con de finir comme ça.

Je vous attendais, que je lui ai répondu, en approchant mon visage du sien.

Il était tellement surpris qu'il n'a pas reculé.

Alors je l'ai embrassé d'un coup, comme je n'avais plus embrassé un homme depuis des mois. Des années peut-être. Ça remontait à quand, la dernière visite de Jeff à la prison ? J'ai cru qu'il allait me frapper en pleine face mais il n'en a rien fait. Il m'a collée contre lui et il m'a embrassée à son tour.

Quand il a eu fini, il s'est redressé d'un coup.

Je ne sais pas ce que vous faites ici, Madame, qu'il a répété, mais vous êtes chez moi et j'aimerais bien pouvoir dormir ici. Filez tout de suite et je ne dirai rien à personne.

J'aurais dû filer, ç'aurait été plus simple. Pour lui comme pour moi. Mais j'ai toujours eu le cerveau qui foire dans les pires moments. Alors je suis restée avec lui.

C'est lui qui m'a convaincue d'aller me rendre à la police, de retourner en prison et de me tenir à carreau, le temps qu'il règle les histoires avec sa femme, qu'il divorce à l'amiable et qu'il prépare la maison pour mon arrivée.

Je lui ai dit tout plat.

Je veux bien venir tenter le coup avec toi.

D'accord.

Mais tu vires le nain de jardin et la brouette.

Haute pression

Fabian Peeters avait mal aux poumons. Enfin, non, en réalité, il avait mal à gauche, là où le sang pompe à longueur de journée, mais c'était plus difficile à avouer. Il préférait dire que c'étaient les pectoraux ou les poumons, ça n'avait rien de honteux. Assis sur son lit, le cahier à spirale ouvert devant lui, Fabian Peeters ne pouvait s'empêcher de revoir la scène de l'après-midi, lorsque Cynthia avait quitté la salle d'entraînement au bras du grand Geoffrey. Un blond sauvage et bronzé, massif comme un haltère, huilé comme un vélo d'appartement. Ils se tenaient par la main. Cynthia l'avait regardé si fort et si longtemps qu'elle avait dû voir à travers lui, tellement ce type était creux. Elle avait d'ailleurs failli s'écraser contre la vitre de la porte d'entrée, qu'elle n'avait pas vue se refermer. À croire que Cynthia était si fade que sa silhouette n'impressionnait même plus les cellules photoélectriques. Fabian en avait le cœur tout retourné. Un raz de marée, une tornade. Un ouragan. Il saisit le Bic et les mots coulèrent d'un trait :

Tu t'es barrée tougoudoum tougoudoum
Loin de moi

Ohé ohé
Je ne suis plus rien, dis, Cynthia
Je ne suis plus rien
Pour toi ?
Tu t'en vas tougoudoum tougoudoum
À travers les vitres
Ohé ohé
Tu reprends ta liberté, dis, Cynthia,
Je ne suis plus rien
Pour toi ?
Je vais l'encastrer tougoudoum tougoudoum
Ce Geoffrey-là
Ohé ohé
Geoffrey laminé, désolé Cynthia
Je ne peux plus rien
Pour toi

Oh, ça allait déjà beaucoup mieux pour Fabian, son cœur battait plus raisonnablement, Cynthia n'était plus que ce qu'elle aurait toujours dû être : une décolorée traitée à l'autobronzant, plus fréquentée qu'une bretelle d'autoroute, qui passait plus de temps sous le banc solaire que sur les bancs scolaires. Fabian se jeta sur le sol, posa ses mains à plat sur la moquette, les pieds joints sur le rebord du lit et entama une série de cinq cents pompes pour se remettre en forme.

Ce soir, il se changerait les idées. Il descendrait en ville pour une soirée à Bruxelles-les-Bains. Il mettrait son jeans moulant et un tee-shirt blanc, il appellerait Youssef et Luigi, à eux trois, ils passeraient une soirée d'enfer et, s'ils croisaient Geoffrey, ils lui défonceraient un tout petit peu la gueule à coups de genoux. Et s'ils rencontraient Cynthia, ils lui crieraient qu'elle avait un gros cul et qu'on voyait sa cellulite à travers sa jupe, ça la déprimerait pour le reste de la semaine.

Elle n'oserait plus sortir de sa chambre sous les toits, avant d'avoir retrouvé sa ligne.

Ça tombait bien : avec la chaleur qu'il faisait depuis des semaines sur Bruxelles, sa mezzanine devait ressembler à un sauna.

*

Yvon Kempeneers enrageait. On était vendredi soir, il était près de vingt heures et il était toujours assis derrière son bureau de l'avenue Louise. Cela faisait deux ans que son métier lui sortait par tous les trous : responsable de campagne pour de grands groupes pharmaceutiques, c'était encore plus pénible, après quinze ans de carrière, que la mine ou l'usine. C'est du moins ce qu'il se disait, Yvon Kempeneers. À tel point que le seul fait d'enfiler sa chemise et de nouer sa cravate le matin provoquait chez lui des montées de suc gastrique, des relents de bol alimentaire, l'amenant parfois à vomir à jeun avant de prendre le volant. Son boulot le minait. Depuis que la liaison avec la secrétaire du directeur artistique avait tourné court, les journées lui semblaient interminables. Il n'avait plus d'idées, plus le goût d'en trouver, plus l'énergie d'avoir du goût. Il se sentait usé, c'était tout. Et l'usure dans un bureau où l'on adore les créatifs, les battants, les *winners*, c'est encore pire que la mort. Parce qu'on est bien vivant pour assister à son propre enterrement.

Yvon Kempeneers regarda l'horloge. Il avait rendez-vous avec un ami, ancien collègue devenu patron d'une agence concurrente. Ils devaient se rejoindre après le boulot : il ne pouvait décemment pas se présenter avant 21 h 30. Ce serait désastreux pour son image. Il ne pouvait pas non plus passer une heure de plus à regarder l'horloge et à cliquer sur les icônes de son iMac : ce serait fatal pour son moral. Il décida donc d'aller boire un verre au pub irlandais juste à côté du bureau puis de prendre la voiture et d'aller se garer loin, du côté du Botanique, puis de marcher jusqu'à l'hôtel en prenant le temps. C'était une grande première. Ça faisait des années qu'il ne s'était plus déplacé à pied en ville. Enfin, si, entre les parkings et les restaurants, il empruntait bien un trottoir de temps à autre. Mais une vraie balade à travers la ville, ça devait remonter au temps de ses études à l'ULB, quand il prenait les transports en commun, quand il bouffait des spaghettis dans les cafés près de la Bourse. Il se sentit presque joyeux à l'idée d'utiliser ses jambes. Mais ce fut une impression fugace, le nuage gris qui flottait au-dessus de sa tête ne se dissipa que quelques instants. La zone de dépression reprit le dessus dès qu'il fut entabouretté au coin du bar. Une bière chassa l'autre. Il en vida trois. C'étaient des demi-litres plats, sans mousse, pareils à sa vie terne : brunâtre et sans remous. Le barman lui offrit un whisky, c'était un autre tempérament. Il sentit l'alcool descendre dans ses jambes et réchauffer ses tempes. Il regarda l'heure : il n'avait plus le temps de le prendre, sa marche à pied serait pour une autre fois, il fallait qu'il se dépêche : il aurait juste le temps d'arriver s'il roulait pédale au plancher et laissait son véhicule au voiturier.

Dès qu'il fut assis derrière le volant et qu'il libéra les chevaux de son Audi intérieur cuir, il détesta le monde qui défilait de l'autre côté des vitres. Il râlait sur la vieille qui traversait la rue sans se presser, les feux lui paressaient interminables et les rues dégueulasses, il donnait des coups d'accélérateur en attendant que les signaux tricolores verdissent, prenait ses tournants trop larges, fonçait dans les lignes droites.

Sur son autoradio, le *best of* de ZZ Top envoyait des poils de barbes et des riffs de guitare à travers tout l'habitacle.

*

À la station Saint-Guidon, la prochaine rame était annoncée avec six minutes d'attente. Fabian Peeters s'installa sur un siège en plastique moulé. Il jouait avec la pointe de sa basket sur le revêtement de sol caoutchouteux. Quelques mètres plus loin, un vieux type allumait une Belga.

— Hé, M'sieur, lança Fabian, c'est interdit de fumer dans le métro.

— Qu'est-ce que vous dites ?

— On ne peut pas fumer ici.

Le vieux comprit, à la deuxième remarque. Il voulut répliquer mais, jetant un œil sur Fabian assis, se rendit compte qu'il devait mesurer, debout, au moins deux têtes de plus que lui et que les muscles de ses bras, à eux seuls, étaient plus épais que son torse de vieux fumeur et ses cuisses de pêcheur à la ligne. Il écrasa sa cigarette, envoya le mégot voler entre les rails en contrebas, laissant échapper une minuscule étoile filante de lumières rouges.

L'indicateur annonçait cinq minutes.

Il y avait une enveloppe sur le siège à côté de Fabian. Et personne à qui elle puisse appartenir à moins de dix mètres. Fabian la toucha du bout des doigts, elle était en papier kraft, de grand format. Il y avait un nom : Edmond Deltour et une adresse à Saint-Gilles. L'expéditeur : les Éditions de Minuit.

Un catalogue de lingerie fine, ça, déduisit Fabian. Il empoigna l'enveloppe et la posa sur ses genoux en un geste rapide. Personne ne broncha. Ni le vieux à la Belga, ni la vieille assise plus loin avec son caddie à carreaux, encore moins les deux types en casquette qui écoutaient le même walkman. Lorsque le voyant lumineux se déplaça pour indiquer quatre minutes d'attente, Fabian plongea la main dans l'enveloppe. Ce qu'il en retira le déçut fortement. Alors qu'il attendait un étalage de dentelle et de latex sur papier glacé, il ne rencontra qu'un tas de feuilles A4 reliées et dactylographiées, auxquelles était jointe une lettre. « Madame, Monsieur, nous avons bien reçu votre manuscrit mais sommes au regret de vous informer que nous ne pourrons l'accueillir dans le cadre de nos collections… » Le reste était des formules de politesse et de dédouanement. Le tableau annonçait deux minutes d'attente. Fabian eut envie de jeter un œil au fascicule qui était joint à la lettre. Il y avait un titre *Un chien fou* et le nom de l'auteur : Edmond Deltour. Il tourna la page et le texte démarrait d'un coup, continuait d'une traite sur plus de soixante pages en petits caractères tapés sur une vieille machine à écrire, sans photos, sans titres, sans espaces pour respirer. Ça a l'air sérieux, se dit Fabian et il entama la lecture des premières lignes. « Je t'aime comme un jeune chien fou comme un train qui siffle comme un matin qui se lève je t'aime à travers les plaines à travers les rideaux à tort et à travers je t'aime par-dessus les montagnes je t'aime sous les cascades je t'aime avec des bulles je t'aime avec les dents je ne suis qu'un chien fou je suis un monde sauvage j'ai les pieds en dedans j'ai des yeux de venin mais je t'aime et tes doigts si fins je t'aime et ton front si doux je t'aime… » Le métro entra dans la station en un crissement de freins interminable, les portes coulissèrent, grrrrrrr cloc, Fabian bondit, le manuscrit à la main, les yeux collés au texte, les portes se refermèrent tandis qu'il s'asseyait, il lisait encore lorsque le métro quitta la station : « ... je t'aime parce que la cloche sonne je t'aime parce que le pain blanc je t'aime je te le dis je t'aime comme une fanfare comme une branche de buis comme un chien enragé je t'aime dans le cirage je t'aime avec les doigts... »

*

Yvon Kempeneers déboucha de la rue du Trône à bout de nerfs. Il vira vers la droite, rejoignit la petite ceinture, serrant le volant à deux mains. La nuit descendait mais pas encore assez bas pour qu'elle chasse définitivement le jour. Il faisait chaud. Trop chaud. Depuis le début de juillet, trop chaud. Grâce à l'airco de son Audi, Yvon n'en souffrait pas le moins du monde et contribuait, bien volontiers, à rendre les étés de plus en plus insupportables pour l'ensemble de la planète. Un peu plus de CO_2, un peu moins, on ne voit pas la différence. Par contre, 22 degrés dans un siège en cuir, c'est la température idéale et ça n'a pas de prix. Yvon roulait toujours en surface : la crainte des bouchons et de vieux restes de claustrophobie lui interdisaient d'emprunter les tunnels. Mais la surface ne le détendait pas pour autant. Malgré l'heure avancée, il dut ralentir à plusieurs reprises. Avenue des Arts, il appuya un bon coup sur le champignon, quelque part entre l'ambassade des États-Unis et la librairie Filigranes, dans ce *no pieton's land* où les voitures vrombissent sur huit bandes au moins. Il dut ralentir quelques centaines de mètre plus loin : devant lui, une Renault tortuait sans carapace. Une plaque française : le conducteur cherchait sans doute son chemin, roulait trop lentement au goût d'Yvon, qui lâcha des appels de phares. La Renault indiqua son intention de tourner à gauche dans la rue de la Loi, clignotant avec le soulagement qu'on peut exprimer en s'éloignant d'un chauffard, Yvon accéléra un bon coup, doubla la Renault par la droite et se pencha pour faire comprendre au Français tout le mépris qu'il lui portait mais il n'en eut pas l'occasion. Un choc sourd et soudain emplit l'habitacle de l'Audi.

Il vit le corps décoller du bord du trottoir, traverser le champ de vision du pare-brise et rebondir sur le capot de la voiture. Il freina à bloc, coupa le moteur, sortit en précipitation. Il venait de renverser un jeune homme. Le pauvre gars semblait sous le choc, vacillait sur ses jambes. C'était pourtant un fameux gaillard : musclé et bronzé, des cheveux courts, un tee-shirt blanc. La voiture était arrêtée sur un passage pour piétons, il ne fallait pas la laisser au milieu du carrefour. Yvon réfléchit aussi vite que ses neurones le lui permettaient. Il n'y avait pas de témoin direct, les voitures filaient sans s'arrêter. Le jeune homme n'était pas mort, son état ne semblait pas exiger de soins médicaux. Yvon avait bien plus des 0,5 mg autorisés d'alcool dans le sang. La voiture appartenait à l'agence. Il venait de provoquer un accident impliquant un piéton, sur un passage protégé. On lui retirerait son permis, il allait devoir s'expliquer, ça ne l'arrangeait pas du tout. Le temps pressait. Il s'entendit prononcer les mots :

— Ça va ? Vous n'avez rien de cassé ?

Le jeune homme fit signe de la tête. Un demi-sourire. Il avait l'air en état de marche.

— Montez, vous serez mieux à l'intérieur, je vais déplacer la voiture.

Il aida le grand type à prendre place sur le siège passager, referma la portière et fit le tour de l'Audi. Les voitures vrombissaient sur la rue de la Loi, les phares, par paires, trouaient la nuit qui devenait orange. Il s'assit derrière le volant, boucla sa ceinture. Il ne sentait plus l'effet de l'alcool, les événements l'avaient dessaoulé.

Sur le siège passager, le jeune homme ronflait comme un bienheureux.

*

Yvon ne s'attendait pas à ça. Il ne pouvait pas déplacer la voiture et déposer le jeune homme comme ça, endormi, sur le bord de la petite ceinture. Il était trop lourd pour qu'Yvon le déplace, de toute façon. Quand il l'avait invité à monter, il avait l'intention de. De quoi au juste ? Il ne savait plus bien. De discuter ? De le dédommager ? De le ramener chez lui ? Yvon souffla un bon coup. Il fallait qu'il se calme. Les choses allaient s'arranger. Il n'y avait pas mort d'homme. Quoique. Tout d'un coup, Yvon sentit son sang se glacer. Pourquoi ce jeune garçon plein de muscles s'endormait-il comme une masse ? Ce n'était pas naturel. À moins que l'alcool ? Yvon se pencha pour respirer l'haleine du garçon, fut bloqué par la ceinture. Reprit le mouvement plus calmement. La bouche était ouverte, Yvon fut dégoûté par la lourde respiration qui sortait entre les lèvres. Respira un bon coup. Ne sentit rien du tout. J'ai bu moi-même, pensa-t-il, je ne sentirais rien de toute façon. N'empêche, il n'avait pas l'impression que le gars avait bu. Souffrait-il de troubles du sommeil ? Impossible à savoir ! Subissait-il tout simplement le contrecoup du choc ? C'était beaucoup plus probable. Les mains d'Yvon étaient moites. Si ça se trouvait, le jeune gars était en train d'y passer sur son siège passager. L'Audi l'avait percuté au flanc. Avait touché un organe vital, là à l'intérieur, et, comme une poule à qui l'on coupe la tête, le jeune type avait juste continué à donner l'image d'être en vie alors que la mort le prenait déjà, s'était assis par réflexe et, maintenant, s'en allait pour de bon. Quelle catastrophe ! C'était encore pire que la faute grave et le retrait de permis ! Le cœur d'Yvon battait à un rythme effréné, comme une paire d'essuie-glaces sous une pluie torrentielle. C'était absurde. Ce jeune homme n'était pas mort. Il était endormi, tout simplement. Rien ne s'était passé. Yvon contrôla sa respiration. Un vieux truc de yoga hérité de sa femme bien avant le divorce. Il fit descendre l'air jusque dans ses pieds, ferma les yeux, compta jusqu'à dix-sept et les rouvrit doucement. Le monde était toujours là, le jeune homme ronflait, un sourire sur les lèvres entrouvertes. Tout aurait pu être bien plus grave. L'Audi aurait pu le tuer, le paralyser à vie, mais non, il avait juste été bousculé, et tout allait bien se passer. Si Yvon réagissait de façon organisée et adulte, bien sûr. Par où commencer ? Qui était ce type qu'il avait renversé ? Un fort gaillard, des cheveux courts, un nez droit et des sourcils épais, une mâchoire carrée, un jeans bleu impeccable et un tee-shirt blanc. Ça ne l'aidait pas beaucoup. Du parfum aussi, beaucoup de parfum, un truc boisé, ou marine, ou peu importe, au fond, il n'y connaissait rien. Il réfléchit à toute vitesse. Quand on sent le parfum c'est qu'on a quitté chez soi et qu'on va quelque part, en public. Un vernissage, un souper…

Un coup de klaxon fit sursauter Yvon.

Il n'avait pas bougé la voiture, il était dans le chemin. Il démarra le moteur et mit l'Audi en mouvement. Où allait-il ainsi ? Il ne savait pas. Il bougeait parce que son immobilité attirait l'attention. Il pensa à rentrer chez lui mais cela lui parut indécent. On n'emmène pas de force un inconnu chez soi pour s'assurer qu'il va bien. Un rapt, c'est plutôt l'assurance que les choses tournent mal. Le plus sage eût été de foncer vers un hôpital, il y en avait un à deux pas, juste après le Passage 44, mais Yvon n'avait aucune envie de se retrouver sous les néons à patienter près d'un lit en métal froid. Je pourrais le déposer n'importe où, au fond, il ne m'a presque pas vu, à peine un instant, il n'y a pas de témoins, il n'aura qu'un souvenir approximatif de ma tête et de la voiture, rien de compromettant et l'affaire se tassera, c'est sans doute le plus simple, le moins risqué, conclut-il, fier de son raisonnement. Le plus lâche aussi. Yvon n'avait aucune envie d'être lâche. Il valait mieux attendre que le jeune homme se réveille. Il quitta les voies rapides, tourna en rond jusqu'à trouver un stationnement. Il rangea l'Audi le long du trottoir, boulevard Pachéco, à l'ombre de la cité des finances, et coupa le moteur. Alluma la radio. Il y avait un air de jazz, clarinette, vibraphone, batterie légère. Ne manquait qu'un Martini pour qu'il s'imagine au bar d'un palace italien. Ce n'était pas le moment de se laisser aller. Il allait devoir expliquer beaucoup de choses à son passager, s'il ne voulait pas l'effrayer à tout jamais. Il se pencha vers la droite. Le type ronflait toujours. Sa respiration était lourde, lente, elle s'arrêtait par moments et le cœur d'Yvon, entraîné par le même mouvement, se figeait sur place. Et s'il mourait, là, sur le fauteuil en cuir, hein ? Yvon avait besoin d'air. Il sortit du véhicule et la chaleur lui tomba dessus comme si elle n'avait attendu que ça depuis des heures. La canicule à Bruxelles rend les gens fous. On a besoin de pluie, on a besoin de fraîcheur. Nous ne sommes pas faits pour des étés pareils. Il se pencha sur le capot, il y avait une bosse. Pas très visible, mais une bosse tout de même. Ça n'arrangeait pas les histoires. Il alla et vint deux ou trois fois sur le trottoir puis se dit qu'on pouvait très bien l'observer depuis l'une de ces fenêtres et se demander ce qu'il foutait avec un jeune gars endormi dans sa voiture, un type musclé comme un catcheur qui dort comme un bébé, c'est louche. N'importe qui, jetant un œil sur la scène, se poserait des questions. Sa déambulation immobile attirait l'attention. Il rentra. Le jazz continuait à la radio. Une voix chaude était venue s'ajouter aux instruments. C'est absurde, se reprit-il, tout va bien. Je ne vais pas passer ma nuit dans la voiture à attendre que ce gosse se réveille, sous prétexte que je l'ai effleuré avec mon pare-chocs. Je vais le déposer ici, au pied du mur, non, je vais l'amener aux urgences, c'est plus prudent, j'aurais dû commencer par là, je n'aurai presque rien à me reprocher, j'aurai la conscience tranquille au moins. Ce sera mieux ainsi.

Yvon tourna la clef de contact, le moteur ronronna. Au même instant, une mélodie s'éleva dans la voiture. Le thème de *Miami Vice*, une série télévisée que Kempeneers avait suivie avec son fils aîné des années plus tôt. Christophe. Aujourd'hui, il devait avoir le même âge que ce gamin-ci, sans doute. Ça faisait combien de temps qu'ils n'avaient plus regardé une émission de télé ensemble ? La mélodie continuait, c'était la sonnerie d'un GSM, celui du ronfleur. Mais le gamin ne réagissait pas. Il était endormi plus que profondément. La sonnerie n'arrêtait pas. Au troisième refrain, Yvon tendit le bras, attrapa l'appareil à la ceinture du garçon et regarda l'écran : un cornet de téléphone clignotait, entouré du prénom « Luigi ». Yvon hésita deux secondes, inspira profondément, décrocha.

— Qu'est-ce que tu fous, Fabian ? hurla celui qui devait être Luigi. Ça fait une demi-heure qu'on t'attend, on est à la bourre !

Il y eut une seconde de silence. Pas plus. La deuxième démarrait à peine qu'Yvon entendit sa propre voix résonner dans l'Audi.

— Écoutez, je ne sais pas qui vous cherchez à joindre mais c'est une erreur.

Il raccrocha aussi vite qu'il put.

Son cœur battait à présent à une cadence infernale. Il lui semblait que la température dans la voiture venait de s'élever au-delà du tolérable. Pourtant, le tableau de bord indiquait toujours 22 degrés en chiffres digitaux. Il aspira un grand coup, ouvrit la vitre électrique. Eut l'impression de glisser la tête dans un four à pain pour en sortir les croissants. Appuya sur le petit bouton noir afin que le moteur referme la vitre. Enclencha le clignotant pour déboîter le véhicule et rejoindre la route, hésita un instant, l'instant de trop, celui qui fait tout basculer, coupa le moteur et rabattit la manette du clignotant. Harold Faltermayer fit à nouveau résonner le générique de *Miami Vice*. Yvon n'allait pas décrocher une seconde fois. C'était Luigi, à nouveau. Le dormeur ne réagissait toujours pas. Yvon lui colla le téléphone contre l'oreille. Pas plus de réaction. Il fallait réagir vite. Mais il n'y avait pas vraiment de choix. Rejeter l'appel ou décrocher ? La vie souvent se résume à cette alternative : faire comme si les choses n'existaient pas ou les affronter ? Yvon appuya sur la touche verte et, prenant le ton le plus calme qu'il avait en magasin en cet instant, énonça :

— Bienvenue sur Belgacom Mobile, *Welcome by Belgacom Mobile*. Pour continuer en français, appuyer sur 1 ; *for English, press 2,...*

— Écoute, connard, tu as fait la connerie de ta vie en fauchant le G d'un copain. Si jamais tu as touché à un seul de ses cheveux, où que tu sois, on te retrouvera, on réarrangera ta sale petite gueule de merdeux pour que même ta mère et ton dentiste ne puissent plus te reconnaître.

Yvon coupa la conversation. Éteignit le GSM. Il tremblait. Sa respiration était courte. Il n'avait rien fait. Il avait juste renversé un gars, enfin, non pas vraiment renversé, un peu bousculé, pas écrasé en tout cas, il était derrière le volant, il ne l'avait pas vu arriver, il ne voulait de mal à personne, on ne pouvait pas lui reprocher d'avoir... Il s'était vraiment foutu dans un sale pétrin. Pourquoi n'avait-il pas simplement été au commissariat ou à l'hôpital ? Ç'aurait été tellement plus simple ! Il aurait donné tout ce qu'il avait pour être resté une demi-heure de plus au bureau, pour ne pas avoir fait étape au pub irlandais, pour avoir ralenti derrière la Renault, pour ne pas avoir tourné la tête au mauvais moment, pour être chez lui, les pieds au chaud, en pyjama, une bouteille de vin sur la table basse, une télécommande à la main.

La nuit était tombée pour de bon à présent, elle ne se relèverait pas de sitôt, certainement pas avant le lendemain matin. Yvon se sentait épuisé. Il en avait trop fait pour une seule soirée. Il était temps qu'il rentre se coucher. Mais pas avec cet inconnu à la place du mort. Il revenait à sa première intention : le débarquer ici et l'asseoir sur le trottoir. Après tout, Kempeneers ne voyait pas pourquoi il devait jouer les gardes-malades pendant la sieste de ce grand adolescent.

— Qu'est-ce que je fous ici ?

La voix provenait du siège passager. Le gars revenait à lui.

— Je suis désolé, s'excusa aussitôt Yvon, je m'appelle Yvon Kempeneers. Je vous ai renversé en voiture il y a quelques minutes ; vous n'aviez pas l'air en forme alors, comme vous vous êtes endormi, j'ai attendu que vous reveniez à vous.

— Bon, ben j'ai l'impression que ça m'a fait du bien de pioncer un coup. Désolé d'avoir encombré votre siège passager.

— Non, non, c'est moi qui suis désolé.

— Quelle heure est-il ?

— Dix heures vingt.

— Meeerrde ! Je suis super à la bourre. J'y vais, je fonce.

— Vous voulez que je vous conduise quelque part ? Ça me ferait vraiment plaisir. Après tout, c'est de ma faute si vous êtes en retard.

— Ne vous inquiétez pas, je sais marcher.

— Oui, mais je ne voudrais pas que vous vous fassiez renverser une nouvelle fois.

— Vous trouvez que je suis plus en sécurité dans votre voiture ? C'est vous qui m'avez roulé dessus, non ?

— Allez, ne faites pas l'entêté, dites-moi où je peux vous conduire.

— J'avais rendez-vous au parc Royal.

— En route, alors !

— Mais je ne sais pas s'ils y seront encore. Je vais appeler.

Tandis que Fabian allumait son mobile, Kempeneers reprenait la route. Les deux autres n'étaient plus au parc, ils étaient déjà au bord du canal. L'Audi redescendit l'avenue du Jardin Botanique, l'avenue du Boulevard et ces autres artères aux noms trop fatigants à retenir qui constituent à la queue leu leu la petite ceinture. Fabian raccrocha. Il ne regardait plus le chauffeur avec les mêmes yeux.

— Vous avez décroché mon téléphone, pendant que je pieutais ?

— Pourquoi est-ce que vous me posez cette question ?

— Pourquoi est-ce que vous ne répondez pas franchement à une question toute simple ? Vous auriez au moins pu les prévenir que je roupillais à côté de vous !

— Je ne suis pas très doué pour le téléphone.

— Mouais. Bon, moi, je descends ici. Je ne sais pas ce que vous avez fait pendant que je dormais mais j'aime autant pas le savoir. Z'avez de la chance que j'aie la tête comme un punching-ball, sinon, je vous foutrais bien mon poing dans la figure pour qu'on soit quittes.

— Écoutez, voilà ma carte. Si vous avez besoin de quoi que ce soit, un service, une recommandation, je connais beaucoup de monde. Vous m'appelez, à n'importe quelle heure. Ça me fera plaisir de vous aider. N'hésitez pas.

Fabian referma la portière et s'enfonça dans la nuit en direction du canal.

*

Cette nuit-là, Yvon dormit très mal. À peine, à vrai dire. Il n'avait discuté que de ça avec Jean-Michel.

Son ancien collègue avait essayé de le rassurer mais n'y était pas parvenu. Yvon se sentait minable. Il ne comprenait pas pourquoi il avait été à la fois si lâche et si maladroit. Il prit trois douches pendant la nuit : il ne parvenait pas à se défaire de l'impression de saleté qui l'imbibait de la tête aux pieds. Surtout la tête. La douche était inutile. La maison lui paraissait trop grande, sa vie trop petite, ratée. Lui, le vieux blasé il avait fauché un jeune type plein de promesses, en plein élan, plein de cet avenir que lui n'aurait plus jamais. Il n'avait même pas été foutu de s'excuser, de lui dire qu'il s'en voulait. Une idée fixe avait à présent pris place dans la tête de Kempeneers : la somnolence, juste après le choc, c'était bel et bien un symptôme alarmant. Ça indiquait le pire. Le choc pouvait très bien l'avoir tué à retardement. Le jeune gars avait peut-être succombé dans la nuit. Mais Yvon n'en savait rien, il ne connaissait même pas le nom de la victime, encore moins son adresse. Quelle maladresse ! Pourquoi n'avait-il pas proposé de prendre de ses nouvelles le lendemain ? Pourquoi n'avait-il pas simplement demandé un numéro de téléphone, un nom, quelque chose pour retracer la piste ? Il n'avait rien à quoi se raccrocher. Tant mieux, pensait-il par moments ; s'il avait eu un numéro de téléphone, il aurait appelé cinq fois avant que le soleil ne se lève, pour se rassurer.

Quand le matin fut enfin arrivé, il écouta l'un après l'autre les flashs d'informations. On ne parlait pas de décès brutal survenu au milieu de la nuit, ni de chauffard assassin, on ne titrait que sur la canicule et sur un incident survenu en Lituanie, dans un hôtel de Vilnius, où l'on avait retrouvé Marie Trintignant dans le coma et inculpé Bertrand Cantat, son compagnon, de coups et blessures ayant entraîné la mort. C'était une chute, d'après les premières informations. Un choc mortel, en d'autres termes. Yvon se sentait de plus en plus mal.

Il se regarda dans le miroir. Il était gris. Le teint si pâle, les yeux si creusés que n'importe quel médecin lui aurait prescrit une semaine de repos en le croisant dans le tram. Mais les médecins ne se déplacent jamais en transport en commun. Lui non plus.

La matinée au bureau fut atroce. Les minutes ne passaient pas. Le travail semblait dénué de sens : à quoi bon changer une fois de plus le logo des aspirines effervescentes ? À quoi bon tenter de grappiller des miettes de marché aux concurrents tout aussi fades et voraces que ses propres clients ? La simple gueule du mannequin pour les laxatifs lui flanquait la nausée. Il aurait aimé décerner des gifles à la plupart des collègues qu'il croisait dans les couloirs. Et pisser dans leur verre lors de la réunion de l'après-midi.

Vers seize heures, le téléphone sonna :

— Monsieur Kempeneers ?

— Lui-même.

— L'hôpital Érasme, ici. Nous avons retrouvé le corps sans vie d'un jeune homme d'une vingtaine d'années. Il ne portait aucun papier. Le seul élément permettant de l'identifier est une carte de visite où figurait votre nom.

— Je sais.

— Vous savez ?

— Non, je veux dire que je sais que mon nom est imprimé sur mes cartes de visite, c'est à cela qu'elles servent.

— Vous voyez de qui il s'agit ?

Un long silence.

— Il va falloir que vous veniez pour l'identification du corps.

— Mais je ne sais pas du tout qui c'est, moi !

— Moi non plus, Monsieur. Mais ce n'est pas ma carte de visite qu'on a retrouvée dans la poche de la dépouille, c'est la vôtre. Si j'étais vous, je me montrerais collaborant.

— Dites-moi ce que je dois faire.

— Venir ce soir au Sheraton boire un verre pour vous changer les idées avec le plus con de vos amis.

— Jean-Michel !

— Ben oui, qui croyais-tu que c'était ?

— L'hôpital, tiens.

— Allez, rassure-toi, il ne lui est rien arrivé à ton gamin. Il a déjà oublié ce qui s'est passé hier. Tu viens ce soir, alors ?

— Non, non, je rentre dormir. Je n'ai pas fermé l'œil la nuit dernière.

— Comme tu veux, mais ne te braque pas sur cette histoire, ça n'en vaut pas la peine.

Yvon Kempeneers n'avait aucune envie de se braquer. Il ne demandait qu'à passer à autre chose, à regarder un film de cul, à vider une bouteille de whisky, à dormir dans le canapé du salon, mais dès qu'il fermait les yeux, dès qu'il laissait sa pensée vagabonder, il retombait sur la même image. Le corps rebondissant sur le capot de la voiture. Il s'en voulait. Lorsqu'il se mettait à table, le blanc des assiettes lui rappelait le tee-shirt. Il mettait en route le lave-vaisselle, le ronronnement de l'hélice et de l'eau ressemblait aux ronflements dans l'Audi. Il n'en sortirait jamais. Il fallait qu'il se change les idées. Il sortit de la villa, monta dans sa voiture, le parfum avait imprégné l'appuie-tête de cuir. Pour se rassurer, il cherchait à se convaincre qu'il ne s'était rien passé, au fond. Le jeune homme avait fait une sieste sur le siège passager, il était parti en pleine forme. Kempeneers roulait à l'aveugle, laissait ses mains guider le volant ; il roulait à la rage, les pensées se bousculaient dans sa tête, tout aurait été si simple s'il avait demandé son nom, s'il avait fouillé son portefeuille tandis qu'il dormait et jeté un œil sur ses papiers d'identité. Il se souvenait que Luigi avait prononcé un prénom étonnant au téléphone mais il ne l'avait pas retenu, il ne pensait pas que cela avait de l'importance, il ne cherchait alors qu'à se débarrasser au plus vite de l'interlocuteur. Des Luigi, il devait y en avoir des centaines à Bruxelles. Et des types d'une vingtaine d'années à cheveux noirs qui portent des jeans, ça devait se compter par dizaines de milliers. Il gara son Audi sur le boulevard Pachéco. Ce n'est qu'une fois que le moteur fut arrêté lui aussi qu'il se rendit compte de ce qu'il était en train de faire. Il revenait sur les lieux du crime. Comme un assassin, pensa-t-il, mais je n'ai tué personne, je suis innocent. Je me sens coupable, mais ça va passer. Il démarra au ralenti, se laissa glisser dans sa grosse voiture sombre, ne sachant où continuer sa balade, maintenant qu'il regardait la route, rien ne semblait plus naturel. Il se dit que tant qu'à faire il allait descendre vers les quais. Il se gara devant le garage Citroën, juste avant le canal. Marcha vers la droite. Rejoignit l'endroit où il avait laissé le jeune homme la veille. La nuit était tombée, à nouveau. Chaque jour le même phénomène et chaque jour la même obscurité. Il emprunta la rue dans laquelle il avait vu le jeune homme s'éloigner. Quel âge avait-il au juste ? Vingt ans ? Un peu plus ? Un peu moins ? Au pied d'une borne électrique, une flaque de vomi s'étalait sur les pavés du trottoir. Il ne put s'empêcher de s'accroupir et de regarder de plus près. Il y avait des traces rouges. Du sang ? Yvon en eut les jambes coupées. Un tremblement s'empara de ses mollets. La flaque n'était pas fraîche, elle avait séché au soleil. Pas de doute, c'était lui, la veille. Yvon sentit une sueur froide lui glisser sur le corps en dessous de la chemise. Il était venu se rassurer et voilà qu'il paniquait. Il fallait qu'il se reprenne. Il retourna à la voiture à grandes enjambées, s'assit au volant, s'enfonçant la tête dans les épaules, se mit à guetter le trottoir. Qu'espérait-il ? Que le jeune homme réapparaisse à son tour, revienne sur le lieu de la commotion, que ses parents endeuillés débarquent avec le cercueil ou simplement une gerbe, de fleurs cette fois-ci, à déposer au pied de la borne ? Ses intestins gargouillaient. Il fatiguait. Ses mains étaient moites. Il finit par appeler un ami médecin. Ce qu'il redoutait était vraisemblable : en cas de choc traumatique, des vomissements peuvent suivre une période de somnolence, cela peut indiquer de nombreuses choses. Des lésions internes ? Oui. Peut-on en mourir ? Oui, bien entendu, mais les symptômes étaient trop vagues pour établir un diagnostic. Kempeneers remercia, raccrocha avec calme et mordit le volant. À pleines dents. Il repartit vers sa grande villa silencieuse. Pensait à ses enfants. Qui pouvaient très bien se faire renverser à n'importe quel moment. Qui l'avaient peut-être été et ne l'avaient même pas prévenu. Ce n'était pas son ex-femme qui allait l'appeler pour le tenir au courant. Certainement pas. Où étaient-ils tous les deux en ce moment ? Seuls dans leur kot à Louvain ? Bourrés dans une fête, défoncés dans un parking. Encore une image de voiture ? Yvon n'en sortait pas. Vida une bouteille de whisky puis acheva le Bailey's. Le mélange ne lui réussit pas, il finit la soirée aux toilettes, malade comme un chien, comme un traumatisé du crâne, comme un jeune type qui n'a rien demandé à personne et se trouve au mauvais endroit au mauvais moment.

Enfin, le sommeil vint. Agité. Suant. Épuisant.

Yvon se réveilla avec une tête de cadavre et une haleine de croque-mort. Les yeux creusés, la barbe jaillie des pores, un teint de linceul. Il se brouilla deux œufs, cafeta deux tasses de suite et rasa sa cravate en vitesse. Il allait être en retard au bureau. Il ne pouvait se le permettre. Il faisait déjà chaud à l'extérieur. Comme tous les jours : chaleur du matin, chagrin ; chaleur du soir, désespoir. Yvon se dévêtit et balança son veston dans l'Audi. Referma la porte et démarra en trombe.

*

C'est en reprenant sa veste qu'il aperçut l'enveloppe beige. Elle avait glissé entre le siège passager et la portière, la grande enveloppe crème déchirée à la vavite. Yvon la saisit avec fébrilité. Il y avait une adresse. Il jeta un œil aux environs : personne ne faisait attention à lui, ce Monsieur Tout-le-monde en costard cravate debout à côté de sa voiture respectable. Il glissa l'enveloppe sous le pan de son veston et courut vers le bureau.

La matinée fila comme un bas de femme. Yvon ne pensait qu'à l'adresse. À l'enveloppe. À l'adresse sur l'enveloppe. Il l'avait dissimulée dans le tiroir du bas de son bureau. Il ne pouvait s'empêcher de l'ouvrir pour relire le nom : Edmond Deltour, rue de Rome à Saint-Gilles. Il avait retrouvé son malheureux jeune homme. Il avait même entre les mains, ou plutôt entre les planches de son bureau, un excellent prétexte pour retrouver le garçon, pour sonner chez lui et prendre de ses nouvelles. Éditions de Minuit. Cela intriguait tout de même Kempeneers. Après deux heures passées à faire semblant de travailler, il s'enferma dans les toilettes avec l'enveloppe. Il parcourut la lettre et se précipita sur le manuscrit. C'était plus que de la curiosité, c'était poignant comme un ventre vide, tiraillant comme une coupure au pied, c'était plus fort que lui, il fallait qu'il lise ce texte.

Il resta aux toilettes une heure et demie.

Il avait tout lu d'une traite.

Il était bouleversé.

*

— Tu te rends compte, expliquait-il à Jean-Michel : j'ai failli écraser un génie ! C'est formidable ce bouquin.

— Mais il est refusé par l'éditeur.

— Il n'y connaît rien. Je te dis que c'est formidable.

— Tu t'y connais en littérature, toi, maintenant ? Tu abandonnes la pharmacie ?

— Reste un peu sérieux, deux minutes. Pour lire un roman, il n'y a pas besoin d'y connaître quoi que ce soit. Tu crois vraiment qu'il faut être spécialiste des effets spéciaux pour prendre son pied avec la *Guerre des Étoiles* ? Ou être compositeur pour apprécier Tchaïkovski ?

— Tchéquo qui ?

— Oh, ça va ! Tu ne peux vraiment pas t'empêcher de rire de tout.

— C'est toi qui es un peu trop sérieux, ces derniers temps, Yvon. Tu as mauvaise mine. Tu devrais baiser, à mon avis, ça te soulagerait. Et laisse tomber ton auteur en cavale, ça ne te mènera nulle part. Tu as des nouvelles de tes enfants, ces derniers temps ? Tu devrais les appeler, tu sais…

— J'ai été bouleversé par ce texte. Ça m'a touché très fort. Et ça m'a donné une idée.

— Pour une fois que tu ne piques pas celle de quelqu'un d'autre !

— Jean-Michel, tu deviens lourd. Je me suis dit que ce serait sans doute plus simple pour moi que pour lui de convaincre un éditeur. À son âge, il ne doit pas y connaître grand-chose.

— Tandis que toi : tu n'y connais rien.

— Mais je connais des gens qui connaissent des gens qui…

*

S'il y avait bien deux choses que Luigi ne supportait pas, c'était qu'on se foute de sa gueule et qu'on lui raccroche au nez. Or Yvon Kempeneers avait fait les deux d'un seul coup. Luigi n'appréciait pas. Au cours de la soirée à Bruxelles-les-Bains, quand il eut compris que Fabian n'avait pas l'intention de traquer son chauffard en Audi bleu maure pour régler ses comptes, Luigi n'avait plus eu qu'une idée en tête : dérober la carte de visite et arranger lui-même cette histoire, en solitaire.

Il y était parvenu assez facilement. Profitant de la cohue pendant le concert, au moment où ils se frayaient un passage vers les premiers rangs, il s'était collé contre Fabian et avait fait glisser le bout de carton depuis la poche arrière de son jeans vers la poche avant du sien. Et hop ! Le tour était joué ! Il était très fier de cette opération. Il avait ensuite continué à faire la fête comme si de rien n'était. Ils avaient bu, sauté, hurlé. S'étaient roulés dans le sable et poussés dans les sacs poubelles sur le chemin du retour.

C'était en s'éveillant le lendemain en début d'après-midi que Luigi se rendit compte que son jeans avait disparu. Il n'était pas loin, pourtant. Il le retrouva, fraîchement repassé, plié avec soin, dans les bras de sa mère souriante.

— Tu t'es bien amusé hier soir ?
— Super.
— Il y a des pâtes pour toi dans la cuisine.

Luigi s'était précipité sur le pantalon, avait glissé la main dans la poche et en avait retiré un bout de carton décoloré, déchiqueté, lavé, séché, décomposé. On ne pouvait plus y reconnaître qu'un bout de l'adresse « … ussels ». Tout le reste était désormais illisible. De rage, Luigi renversa ses spaghettis dans l'évier de la cuisine.

*

Pour la troisième fois, ce matin-là, Yvon composait le numéro. Il l'avait trouvé par les renseignements. Une fois qu'on a une adresse et un nom, trouver un numéro de téléphone est un jeu d'enfant. Une nouvelle fois, il tomba sur le message. « Bonjour, ici Belgacom. L'abonné que vous cherchez à atteindre ne peut répondre à votre appel pour le moment. Merci de laisser votre message après le signal sonore. »

Kempeneers raccrocha. Il ne savait que dire. Il était tellement excité depuis ce matin, depuis qu'il avait reçu cette lettre enthousiaste, la première réponse positive après une volée de refus polis. C'était un petit éditeur à Bruxelles, qui ne cachait pas son plaisir : « Votre texte a suscité beaucoup de débats dans notre maison d'édition : vous ne dites rien mais vous parlez de tout, ou plus exactement l'inverse, vous ne parlez de rien mais vous en dites tout. Nous aimerions vous rencontrer pour envisager les modalités d'une publication de votre premier roman dans notre collection littéraire. »

Maintenant, il fallait qu'il retrouve son Edmond au plus vite pour lui annoncer la bonne nouvelle. Les semaines avaient passé, Yvon avait entrepris seul les démarches de prospection. Il avait photocopié le texte en quinze exemplaires, rédigé une belle lettre d'accompagnement, putassière mais pas trop, avec l'aide d'un de ses rédacteurs publicitaires. Il avait un peu forcé sur le pathos, sans toutefois dépasser les limites du vraisemblable : orphelin depuis ses trois ans, battu par son père adoptif, il avait dû travailler à partir de douze ans pour subvenir à ses besoins et conserver son indépendance. *Un chien fou* était son premier roman. Ce point-là au moins n'était pas faux, s'était-il dit en écrivant la lettre, mais à présent qu'il y avait une réponse concrète, Yvon se rendait compte qu'il n'en savait rien. Cela chipota tout de même un peu l'expert en communication pharmaceutique, mais bien moins que son principal dilemme, depuis que la lettre enthousiaste lui était parvenue : d'un côté, il était impatient d'annoncer à l'auteur renversé que son texte était renversant, de l'autre il redoutait l'instant où il devrait expliquer comment le manuscrit s'était retrouvé entre les mains de cet éditeur et pourquoi Yvon ne l'avait pas restitué lorsqu'il l'avait découvert. C'est vrai qu'il se posait lui-même la question et que

Jean-Michel ne manquait pas de la lui poser. Les remords avaient dû peser pour beaucoup dans cette décision ; Yvon se sentait coupable pour l'accident, il voulait à la fois disparaître à tout jamais de la vie du jeune homme et rattraper l'impossible : compenser le coup de volant imbécile par un coup de pouce capital. Il voulait réussir un petit miracle, un cadeau qui ferait vraiment plaisir. Mais au moment d'entrer en contact avec le jeune homme, Yvon se cabrait.

C'est ce qui expliquait les quatre appels sans laisser de message.

Six bientôt. Et, au septième, il finit par laisser sur le serveur de l'opérateur téléphonique la trace suivante : « Bonsoir, je suis Yvon Kempeneers. Vous ne vous souvenez sans doute pas de moi. J'ai une excellente nouvelle pour vous et votre roman. Rappelez-moi au plus vite. » Il laissa ensuite son numéro de portable et attendit avec anxiété.

*

Deux jours plus tard, le portable n'avait toujours pas sonné. Yvon avait les nerfs en pelote. Il commençait sérieusement à en vouloir à ce gamin qui ne répondait pas aux messages et ne décrochait ni le jour ni la nuit. Il rappela, laissa deux nouveaux messages. Un premier furieux, insultant, reprochant à Edmond son arrogance et sa supériorité ; un second, pitoyable, dans lequel il s'excusait, regrettant qu'il n'existât pas de service Belgacom pour effacer les messages déjà déposés. Mais ces deux communications n'eurent pas plus d'effets que les précédentes. Yvon passait en revue les hypothèses dans sa tête : Edmond Deltour était parti en vacances, en retraite à Orval pour préparer sa seconde session, il gardait le château de ses parents dans les Ardennes pendant leur séjour à Malaga, il était envoyé spécial à Bagdad pour un journal de campus. Aucune de ces propositions ne le satisfaisait réellement, il ne pouvait se sortir de l'esprit cette histoire de commotion à retardement. Edmond avait passé l'arme à gauche, c'était certain à présent. On n'avait pas coupé la ligne de téléphone, les parents étaient accablés par le chagrin, pas eu le temps de régler les détails pratiques, la bande tournait encore mais tout le reste s'était arrêté. Il fallait qu'il en ait le cœur net. D'ailleurs cette histoire de bande ne tenait pas debout, les répondeurs Belgacom sont hébergés à la centrale, ce ne sont que des puces digitales, il n'y a plus de bande depuis longtemps. Le troisième jour sans nouvelles, on venait d'auditionner une nouvelle fois Bertrand Cantat à Vilnius tandis que New York était plongée dans le noir durant toute une nuit, en Europe, la canicule n'en finissait plus et les feux de forêts étaient encore plus dévastateurs que les accidents sur le retour des vacances ; il profita du temps de midi, prétexta un déjeuner d'affaires et fonça sur son Audi. Le regretta aussitôt. De l'avenue Louise à la rue de Rome, il en aurait eu pour huit minutes à pied, il tourniqua pendant un quart d'heure en voiture avant de trouver un stationnement. Il se gara sur un emplacement réservé aux pompiers dans la rue Hôtel des Monnaies et laissa les quatre feux clignotants. Il trouva la maison sans effort et sans charme. C'était une bâtisse étroite et interminable, en piètre état. Il y avait une dizaine de sonnettes. Certainement un kot d'étudiant, déduisit-il, fier de ses talents de détective, qu'il ne faisait que découvrir. J'aurai contribué à transformer un simple étudiant en grand écrivain, je n'aurai pas tout raté, se disait-il, en attendant la réponse à son coup de sonnette. Qui ne vint jamais. Ni au premier ni au cinquième. Une tête par contre apparut au quatrième étage :

— La porte est ouverte, montez et foutez la paix à cette sonnette, c'est au dernier étage.

Yvon remercia la vieille aux cheveux rouges et ne se fit pas prier. Il empocha ses lunettes de soleil. Il faisait aussi chaud dans le bâtiment qu'à l'extérieur. Le couloir était encombré de vélos et de sacs poubelles de toutes les couleurs. Avec la chaleur, l'ensemble dégageait un fumet insoutenable. Il n'y avait qu'un escalier, Yvon l'emprunta sans hésiter. Il monta calmement et, arrivé à la dernière volée de marches, marqua un temps d'arrêt. Il avait téléphoné et personne ne répondait. Il avait sonné et n'avait reçu aucune réponse. Qu'espérait-il en montant jusqu'à la porte ? Laisser un message de plus à l'éternel absent ? Apercevoir un détail qui l'aiderait à retrouver la trace de son protégé ? L'ascension avait auréolé sa chemise sous les deux bras. Son front se mit à suinter à son tour. S'il restait debout sur les marches, il allait fondre. Il atteignit l'ultime palier. La porte de droite était défoncée, elle donnait sur une minuscule chambrette mansardée, abandonnée depuis des semaines. Celle de gauche ne comportait aucune indication, si ce n'est une grosse serrure à l'ancienne et une poignée bon marché en plastique rouge moulé. Yvon ferma les yeux une seconde, sortit la lettre de l'éditeur et frappa poliment.

*

Attendu qu'il n'y avait pas plus de réponse à la porte qu'à la sonnette, attendu qu'Yvon commençait à avoir de très mauvais pressentiments, attendu que l'odeur de la cage d'escalier l'indisposait, attendu que le temps de midi ne pouvait pas durer toute la journée, attendu qu'après avoir jeté un œil par la serrure il n'avait rien vu du tout car la clef était à l'intérieur, attendu que son cœur, à cette constatation, s'était mis à palpiter d'étonnante façon, attendu que la chaleur rendait impossible toute forme évoluée de réflexion cervicale, attendu qu'Yvon Kempeneers n'avait pas dormi correctement depuis plus de dix jours, il tourna la poignée et constata que la porte n'était pas fermée à clef. D'un coup, il eut froid dans tout le corps.

*

L'appartement était minuscule, les rideaux tirés le plongeaient dans une pénombre orangée, malgré le soleil de midi. L'odeur y était encore plus pénible que dans la cage d'escalier. Yvon chercha à tâtons et débusqua l'interrupteur, sur le mur de gauche. Il hésita un instant puis alluma d'une lourde pression de la paume à plat sur la cloison. La lumière l'aveugla quelque peu mais ce qu'il aperçut ensuite le décilla pour de bon. Il y avait une petite table, sous le velux, où trônait une vieille machine à écrire, entourée de piles de papier jauni, il y avait aussi du désordre, des vêtements poussiéreux sur les chaises, une brosse à dents dans l'évier, un coin douche qui servait de rangement pour une pile de sachets en plastique mais surtout, dans la partie basse sous les combles, sur un vieux lit de bois ciré, une forme humaine était enveloppée dans des couvertures. Yvon eut un horrible pressentiment. Il s'approcha à pas lents, s'empara d'un balai qu'il saisit par le manche et utilisa pour tapoter les couvertures. Cela lui rappelait sa tentative de réveil dans la voiture.

Le corps ne bougea pas. Du bout du manche, Yvon souleva la couverture. Non. Se retint. Il ne savait que trop bien ce qu'il allait découvrir. N'avait pas envie de voir cette réalité-là en face. L'odeur en disait déjà assez long. Il se figea sur place. Quelle mauvaise idée avait-il eue en venant jusqu'ici ? Et pourquoi s'était-il mis en tête d'envoyer ce manuscrit aux éditeurs ? Pour qui s'était-il pris ? Comment allait-il expliquer tout cela ? Il était un assassin à présent. Involontaire, bien sûr, mais tant d'indices l'accablaient : les messages sur le répondeur, la liste des coups de fil reçus par la victime avant ou après son décès, tout cela serait vérifié par la police, on viendrait l'interroger, il finirait bien par admettre l'accident, on remarquerait la bosse sur le capot, Luigi témoignerait, la vieille rousse aussi, il y avait ses empreintes sur le manche de la brosse, sur l'interrupteur : il était grillé. Il n'avait rien fait mais il était foutu. Non-assistance à personne en danger, ça suffisait pour charger Cantat et le garder en prison. Maintenant qu'il avait pénétré dans la chambre du mort, Yvon n'avait plus de doute. Il savait jusqu'où cette histoire l'avait entraîné, il fallait qu'il réagisse, qu'il retrouve ses forces. Appeler les urgences, au plus vite. Mais pas d'ici, ça ajouterait une série d'empreintes, il valait mieux éviter. Il éteignit la lumière, frotta l'interrupteur avec son mouchoir comme il l'avait vu faire dans les films, tira la porte et descendit l'escalier. Il composa le 112. Donna les coordonnées de l'appartement, demanda à confesser un accident mortel. On le pria de passer au commissariat. Il annonça qu'il arrivait. Il appela sa secrétaire et la prévint qu'il ne serait pas au bureau de l'après-midi, puis marcha jusqu'à l'hôtel de ville. Le soleil tapait plus fort que jamais. Pour la première fois depuis de longues semaines, un petit vent courait le long des façades. *Le vent nous portera*, songea-t-il en poussant la porte du commissariat.

*

Luigi n'en avait pas cru ses yeux. Une Audi bleu maure passait pour la troisième fois devant le banc où il était assis en moins de quatre minutes. À son bord, un type seul, bedonnant. Ce n'était pas une coïncidence. Un signe du destin, oui. Combien d'Audi A3 bleu maure à Bruxelles ? Combien conduites par des ventripotents dégarnis ? Toutes peut-être, mais Luigi ne l'imaginait pas. Pour lui, c'était la bonne. Celle que la chance lui servait sur un plateau d'argent. Celle du malpoli qui lui avait raccroché au nez. Dès que le type avait tourné le coin, Luigi avait sorti son opinel et lacéré les quatre pneus. Avant de s'éloigner, un dernier coup de pied tournant avait réglé le sort du pare-brise. Un partout, avait-il murmuré, la balle est au centre. Luigi s'était senti soulagé. Si soulagé qu'il n'avait pas entendu le camion débouler dans son dos au moment de traverser la rue.

*

Il raconta tout dans les détails. L'accident au carrefour Arts-Loi, la panique dont il avait été saisi, le sommeil du jeune homme puis son départ précipité. Il mentit sur de nombreux détails. Remplaça le manuscrit par une simple enveloppe, prétexta qu'il était de plus en plus inquiet et que c'est pour cette raison qu'il avait appelé à plusieurs reprises puis qu'il s'était rendu sur

149

place. Il expliqua qu'il n'avait jamais aussi mal dormi que depuis l'accident, que le remords le rongeait, que sa vie était foutue, qu'il ne s'en remettrait jamais. Le fonctionnaire lui fit signer sa déposition et le pria de rester à la disposition de la justice.

— Vous ne m'arrêtez pas ?

— Non. Vous n'êtes pas un danger pour le public, vous n'allez pas vous enfuir au Venezuela. Si vous répondez aux convocations du juge, je ne vois pas de raison d'encombrer les prisons avec des gens honnêtes.

Après avoir laissé l'angoisse le ronger pendant plus de dix jours, Yvon Kempeneers était à présent un peu déçu. Il pensait valoir plus qu'une simple déposition. Son nom n'apparaîtrait pas dans les journaux, sa vie ne basculerait pas dans l'enfer ; rien ne changerait, au fond. Il ne payerait peut-être même jamais pour ce crime, lui, ce chauffard, cet assassin à moteur et à retardement. On ne le jugeait pas dangereux, pas même vraiment coupable, il le sentait bien.

Ça le minait.

Il rejoignit sa voiture. Le pare-brise était défoncé et les quatre pneus crevés. Il fut pris d'un haut-le-cœur. S'appuya sur le capot, vomit sur ses chaussures anglaises. Il retourna au commissariat, présenter une nouvelle déposition. Il dut attendre une vingtaine de minutes, assis sur un banc de bois aux côtés d'un livreur Ikea dont les mains tremblaient. Les policiers avaient un sourire en coin en tapant sur leur clavier mécanique. Le dépanneur de Touring Secours, quant à lui, n'avait jamais vu un pareil saccage.

— Ça prend moins d'une minute à un vandale de détruire une voiture et puis il faut des heures pour remettre en état.

— C'est la même chose quand on renverse un piéton, non ? murmura Yvon.

Il n'attendait pas de réponse.

Il rentra chez lui et tenta d'avaler un reste de fish stick mais ça ne passait pas. Il s'assit dans le divan et n'alluma pas la télévision. Il regarda le plafond pendant plusieurs heures d'affilée.

*

On l'interrogea dans les jours qui suivirent. Il fut convoqué, cuisiné. Rien ne collait. Dans l'appartement de la rue de Rome, on avait trouvé la dépouille d'un vieux de nonante-trois ans. Il y avait des piles de manuscrits et des lettres de refus accumulées pendant un demi-siècle mais les policiers n'y prêtèrent pas attention. Le vieillard avait succombé à la chaleur. Mauvaise hydratation, taux d'ozone alarmant dans tout Bruxelles, le cœur avait définitivement lâché au retour des courses, après la montée de l'escalier fatal. Le frigo était plein : trois bouteilles de Bardolino avaient sans doute eu raison du pauvre écrivain en devenir qui ne deviendrait plus rien qu'un bon terreau pour les érables du cimetière. La police ne savait que faire avec la confession de Kempeneers. Le vieil Edmond n'avait aucune trace de contusion, encore moins de commotion. On n'allait pas l'autopsier pour étayer les thèses affligeantes d'un rondouillard en costume trois-pièces. Les flics lui conseillèrent le repos. Il expliqua que tout cela était impossible, qu'il avait passé une soirée avec Edmond Deltour, qu'il était jeune et musclé, qu'il avait écrit un chef-d'œuvre, qu'il ne pouvait pas être mort ainsi.

Le vieux n'avait pas de famille. On vida son appartement. Les manuscrits furent évacués avec les cartons pour le ramassage sélectif.

Yvon Kempeneers n'avait pas grand-chose à quoi se rattraper. Il se mit à boire de plus en plus tôt, ne se présentait plus très régulièrement au bureau l'après-midi. Un rien l'irritait. Il pleurait parfois durant toute une nuit. Quand l'éditeur appela pour savoir pourquoi la lettre n'avait jamais reçu de réponse, il déclara qu'il ne connaissait pas la personne à qui le pli était adressé et qu'il souhaitait qu'on ne l'importune plus avec cette histoire.

L'électricité était revenue à New York, Marie Trintignant reposait au Père Lachaise et Fabian Peeters, plus remonté que jamais, songeait très sérieusement à s'acheter un GSM i-mode.

Les radios ne diffusaient plus les chansons de Noir Désir. *Un chien fou* resterait à tout jamais un manuscrit inédit.

Table des matières

Sur la route

Gringoland
Julien Blanc-Gras

Fatigué de la vie moderne, Valentin décide de changer d'air : direction le Mexique, pour un trip façon routard, sac au dos et guitare en bandoulière. En bus ou en stop, de la jungle urbaine aux étendues désertiques, il sillonne ce nouvel eldorado peuplé d'autochtones chaleureux, de hippies roublards, d'altermondialistes pontifiants, d'artistes illuminés et parfois même de vrais amis. Toujours curieux, souvent ironique, rarement dupe, ce drôle de gringo parcourt les pistes pleines de surprises qui mènent aux autres et, tout au bout, à soi-même...

(Pocket n° 13074)

Cet ouvrage a reçu le prix
du Festival du premier roman de Chambéry

Il y a toujours un Pocket à découvrir

Voyage initiatique

En attendant le roi du monde
Olivier Maulin

À vingt-neuf ans, Romain est un garçon paisible, sans ambition ni amertume, qui vit de petits boulots en région parisienne. Il se laisse cependant convaincre par Ana, son amie d'origine portugaise, d'émigrer pour Lisbonne. Là-bas, Romain se lie d'amitié avec Lucien, un grutier français. Ce drôle de type se prétend chaman et vit son métier comme un sacerdoce. Romain lui doit d'ailleurs la révélation de sa propre vocation de grutier. Mais le comportement de Lucien devient de plus en plus étrange, jusqu'au jour où il disparaît. Romain va alors poursuivre seul l'étrange voyage intérieur dans lequel Lucien l'a engagé à son insu…

(Pocket n° 13163)

Il y a toujours un Pocket à découvrir

Une maison à vendre, des vies à construire...

N'attendez pas trop longtemps
Agnès Marietta

Une maison, quatre personnages. Le propriétaire, François, en quête de l'acquéreur idéal ; l'agent immobilier, Jacques, amoureux de son coin de campagne ; deux acheteuses potentielles : Clara, écrivain à succès et mère joyeusement indigne, et Nathalie, citadine surmenée rêvant d'un peu de poésie. Quelques pierres et un toit perdus au milieu de nulle part qui poussent à l'introspection et vont devenir le théâtre d'une amitié singulière.

(Pocket n° 13183)

Il y a toujours un Pocket à découvrir

Achevé d'imprimer sur les presses de

BUSSIÈRE

GROUPE CPI

à Saint-Amand-Montrond (Cher)
en février 2008

POCKET - 12, avenue d'Italie - 75627 Paris Cedex 13

— N° d'imp. : 80279. —
Dépôt légal : mars 2008.

Imprimé en France